文芸社セレクション

これからも開業医の奥様

永倉 啓子

NAGAKURA Keiko

文芸社

目次

父が残してくれたもの

父は、わずか四十二歳の若さでこの世を去りました。今や百歳時代と言われる時代を私達は生きていますが、私が生まれた年に、第二次世界大戦が始まりました。昭和一四年でした。次の年に弟が生まれましたが、父は、召集令状によって戦争に参加したのです。私は、父が、出征した時は、わずか一歳でしたから父の顔も全く記憶には有りませんでした。

父は、南方の島の戦地に行かされたのです。

戦争の勝利のニュースは新聞やラジオでよく伝えられたそうですが、負け戦のニュースはあまり伝えられず、国民は日本がまさか負けるとは思っていなかったと、母達は話していました。

我が家の食堂の壁に大きな世界地図が貼ってありました。その地図の中央に、赤く塗られた場所がありました。

「お父さんは今この島で戦っているのよ」

と母がいつも話してくれていました。この島の名前は「ニューギニア」と言う所でした。父は、当時の人には珍しく車の運転免許を持っていましたので、最前線で戦わず後方の資材を運ぶトラックの運転手をしていたそうです。戦地においては実戦の場ではなく、後方の比較的に安全な場所にいたようです。しかしニューギニアと言う熱帯のジャングルの中の移動で蚊に刺され「マラリア」と言う病気に感染していました。父は、最前線ではなかったと言いながら、宿舎で同僚と枕を並べて寝ていた時に、爆撃を受け、隣に寝ていた同僚の枕に銃弾が当たり同僚が亡くなったのです。父も、危機一髪で死ぬところだったと話していました。戦争ですから、ジャングルの中で蛇や、トカゲなども食料として食べたと言って胃や腸もすっかり壊していたようです。

　戦争が終わり次の年に父が傷病兵として松江日赤病院に戻ってきました。その父を母と二人で見舞いに行くことになりました。この時生まれて初めて父の顔を認識したのです。

　父も自分の娘なのに、赤ちゃんの時に見ただけでしたので「この子は美佐江《みさえ》ちゃんかい」と言ったのです。五歳年上の従姉妹の名前でした。母は笑いながら「啓子《けいこ》ですよ」と言って父は「えーこんなに大きくなったのか？　あの赤ん坊が！」と驚いていました。自分が戦争で過ごした歳月を今さらながら振り返っているのでした。父は、南方の島に行ってから四年の歳月が過ぎていたのでした。

　私は、白い着物を着てベッドで横たわっている父を見て「本当は動けないのではないのかな」と不安で仕方なく、父の手を取って私と一緒に歩いてくれるようにお願いしました。父は私と手をつないで病室の中を一周してくれました。父がどの位動けるのか確かめたかったのです。私は、やっと安心したことを覚えています。

父は日赤病院に入院してからも高熱に悩まされる発作がかなり続きましたが、発熱の回数が少なくなり、やっと我が家に戻ってくることになりました。父は、祖母と母のやっている畑仕事を少しずつ手伝うようになりました。父は、体調が良くなるにつれて、自分がどうしてもやりたかったことを少しずつ始めることにしたようです。父は、農業高校の卒業でしたから「果樹園」を夢見ていたそうで、山の畑で桃の栽培を始めることにしたのです。カタログを取り寄せ桃の苗木を取り寄せ母と二人で植え始めました。

これはかなりの重労働でしたが、思い立ったら諦めない人でしたので時々、「マラリア」の高熱に耐えながら、数十本の桃の苗木を植え終わりました。桃の収穫が出来るまでは数年かかるということで、桃の木の下で「ダリヤ」の花を作ることにしました。父は農業学校の基礎があるので戦争が終わったらあれもやり、これもやりと、盛り沢山の計画をしていたようです。

ダリアの花も、今まで見たこともない珍しい花を取り寄せて栽培していました。お客さんがとても喜んで買ってくださいました。

この桃の畑は、我が家から少々距離があり自転車で通っていましたが、父は山小屋を建てて、時には泊まり込みで仕事をするようになりました。母はお弁当を届けに行っていたようです。

我が家には御先祖様から引き継いだ、かなり広い竹藪を所有していました。父は、この竹を使って竹の籠を作ることも始めたのです。今でも我が家には父が作った竹籠が沢山残されています。私の記憶の中にもとても器用に竹籤を作る父の姿を、思い出すことがあります。竹藪から持ってきた大きな竹を「鉈」と言う道具で細かくさいて竹籤《たけひご》を作り、竹籤を上手く組み合わせて色々と模様を作り、竹籠を造ったのです。父は、昔竹細工を生徒さんに教えていたと母から聞きました。父が戦争から戻り妹が生まれました。終戦子と言われる子達です。父が、この妹の為に竹でゆりかごをつくったのを覚えています。妹もこのゆりかごに寝かせるとすぐに泣き止んでよく寝ていました。

父は元々農協に勤めていたので、地元の農業改良復旧員としての仕事を引き受けていて、お米の種類の改良を考えていました。我が家の田植えの時は大変な騒ぎでした。当時は、「田植え機」などはありませんでしたから、隣近所の叔母さん達に手伝って頂くのですが、田植えの時に、二〜三列植えると、次の列には別の苗木を二〜三列植えるのです。その度に印を付けて行かなければならないと言う、面倒な田植えをしたこともありました。今は美味しいお米のナンバーワンを競い合っていますが、昔はこのようにして美味しいお米を作りだしていたのです。

父は、自分のやりたいことを次々と実現することに生きがいを感じてきましたのに、戦争の時の食生活で胃腸をすっかり壊していたようです。ジャングルの中での食生活は想像を絶するものだったようです。

食欲不振となり、体調を崩して腹水が溜まってきたというのです。検査の結果、病名は

「膵臓《すいぞう》がん」になっていたのです。治療の方法もなくて、折角生まれた妹が幼稚園に入園する姿を見ることなく父は、亡くなりました。

戦争からは戻ってはきましたが、結局こんな形で戦争の犠牲になったのです。戦死した方もかわいそうですが生きて戻ってきた人達もかなり厳しい人生を生きなければなりませんでした。戦争はいつの世にも絶対にしてはならないのです。今でも世界のあちこちで戦争が行われていますが、どうして戦争がなくならないのでしょうか？　いつの日にか、戦争のない平和な地球になることを心から願わずにはいられません。

十九号台風上陸

この十九号台風は、日本中に大変な被害をもたらしました。

令和元年十月十二日関東地方に上陸した十九号台風は、河川の増水と堤防の決壊が、日本全国で一四〇か所もあったそうです。

アジア名で名前を「ハギビス（フィリピン語＝すばやい）」という意味だそうです。

水没した家屋、田畑、町全体が水没した所も沢山ありました。一級河川の長野県千曲川の氾濫は広範囲で浸水・冠水となりました。私の住んでいる川越でも、老人ホームの浸水があり、テレビで報道されました。

浸水した老人ホームからボートを使って、老人の皆様を運び出すシーンの全国放送は私の友人達から見ると、同じ川越に住んでいる私の町のこととして、かなり刺激的に映ったようでした。お見舞いの電話が沢山ありましたが、自分の自宅は幸いにしてかなり高台なので全く被害はありませんでした。

次の日は台風一過で好天気になりました。あまりにも良い天気になりましたので、私のゴルフのメンバーコースの月例会に参加することにしました。友人からもゴルフ場は大丈夫なので、行きましょうと電話がありました。コースまでの途中の山道で、がけ崩れがあり、一か所通行止めの場所がありました。ここはう回路が田んぼの中の土手道になっていました。

これはコースまで行けるかな？　と不安になりましたが何とか通り抜けることが出来ました。

月例会の皆様もスタート時間が遅れ気味でしたが、参加者は一応プレーも終わりました。

では、また来月の月例でお会いしましょうねと約束をして、朝来た道を戻りいつもの帰宅の道を運転していましたら、急に通行禁止の看板が出てきて山道のほうに行かされました。十九号台風の影響が出てきました。矢張り埼玉も被害が大いにあったようで、東松山辺りの川の堤防が、決壊して人家が水没したのです。また、東松山の大きなショッピングモールの大駐車場が浸水したのです。

いつも使っている道は通行禁止となり、案内に従って運転していましたら、ぬかるみの道に入りました。タイヤが少し水に浸かる程度なので、ここを抜ければ大丈夫だと思って運転していましたら、エンジンが停止してしまいました。ぬかるみの道は泥水だったのです。

私も十九号台風の影響を受けてしまいました。タイヤが少々浸かっただけなのに、エンジンが停止してしまったのです。私の車も水没車となってしまいました。

レクサスの販売店に連絡を取りましたら、あちこちで被害が起こっていて、すぐには対応しきれないと言っているのです。

消防車も二台も来ていましたが、水が引かないと水没の車を動かせませんと言うのです。レクサスのオーナーズデスクに電話してレッカー車の手配を依頼しました。しかし、いつになるか分らないという返事でした。

消防車の方が取り敢えず避難所に行ってくださいと言われました、夕方となり日没もしてきました。私のほかに水没の車の方が二名いましたので、徒歩で避難所に向かいました。消防車が後ろから来て、消防車には一般の人を乗せてはいけないことになっていますが、避難所までが少し遠いですから送ります、と言って避難所まで送ってくださいました。日没になり、辺りはすっかり暗くなり田舎道は外灯も全くありませんので、自分が今どこにいるのかも分からなくなりました。東松山の避難所に行きますと、堤防の決壊で家屋が水没になり、避難してきた町内の方達が沢山集まっていらっしゃいました。

私の靴も水浸しとなっていましたので、避難所の方が早く脱いで履き替えなさいと、新しい白いソックスとタオルを下さいました。一緒に行った方にも上に上がってくださいと言って、白いソックスとタオルを渡していました。私達は通りすがりの者でしたが皆さんがとても親切にして下さいました。

私は自宅が川越で、避難場所から車で三十分の距離なので、タクシーで自宅に帰ることにしました。他の方は横浜なので、今夜はここに泊まることにしますと言われました。私が自宅に戻りましたら、夫が怒りながら自分で夕食の支度をしていました。「帰ってこなくてよかったのに」と怒っているのです。ゴルフの帰り道の車の水没事故で、いつもの帰宅時間よりはるかに遅くなってしまったのです。夫は怒り狂っていて、私の言い訳など聞くどころではありませんでした。

こんなわけで車の水没で遅くなったことを話すことも出来ず、別々に夕食をして疲れはてて、すぐに眠ってしまいました。

次の日、レクサスのオーナーズデスクに電話してレッカー車の手配を依頼しましたが、あちこちで水没車があり順番待ちになりました。何度目かに手配が出来ましたと言われ「坂戸のボディーサービス」と言う業者が、引き受けてくれましたと言われました。早速ボディーサービスに電話して「坂戸から松山に行くなら川越に寄って私を乗せて現場に行ってください」とお願いしましたが、業者は、別の一件を片付けて行くので川越には行けませんので、現場に自分で行って待っていてくださいと言われ、タクシーで行くことにしました。災害時にはタクシーも思うようには来てくれず、いつも患者さん用にお願いしている業者さんも殆ど駄目でした。全く別のタクシー会社にお願いして、昨日の水没現場まで行きました。水没現場は進入禁止となり、現場には入れてくれませんでした。「あの水没している車の持ち主ですから」と言うとやっと、通過させてくれました。

坂戸のボディーサービスのレッカー車は、まだ到着していなくて、自分の車に乗って待つことにしました。川越から乗車してきたタクシーには川越に戻って戴きました。待つこと一時間位、かなり待っていましたら、やっとレッカー車が到着しました。私の車をレッカー車に繋ぐのに結構時間がかかりました。一緒に水没した方には携帯で「レッカー車が来ましたのでこれから川越に戻ります」と挨拶して川越のレクサスの事務所まで、どうにか帰ってきました。

レクサスの事務所には代車が用意されていたので、助かりました。マイカーの荷物を積みかえて、マイカーの修理を依頼してやっと我が家に戻ることが出来ました。十九号台風は私には関係ないと思っていたのに、とんでもないことになってしまいました。

マイカーは、買い替えてからまだ、三年位しか経っていないのにこの際全損にして保険を使って新車にすることになりました。

泥水に浸った車は洗車をどんなに丁寧にしても、泥の臭いが染みついて消えないのだそうです。新車の手配もすぐしてくださいましたが、十九号台風は日本列島を南から北に通過したので、被害の車が多過ぎて新車も納品が二か月はかかりますということになりました。

十二月になり、手配していた新車がやっと届きました、とレクサスの事務所から知らせがありました。借りていた代車を返すにあたり「ガソリンを満タンにしてきてください」と言うのです。準備をして夫も一緒に事務所に行きました。高級感あふれる応接室に案内されて、有名な和菓子の接待がありもう少しお待ちください。といつもの新車受け取りのセレモニーがあるのです。

準備が出来ましたのでどうぞと言われて、白いカバーのかけてある車の場所に行きました。さっとカバーを外し新車が出て来ました。

赤い色のピカピカに光ったマイカーが現れました、ノンアルコールのシャンパンで乾杯して記念撮影をし、女子社員から花束の贈呈がありました。車のキーを受け取りました。私は、運転席に乗り、自分のシートの位置を確かめて説明を聞きました。前車と同じ色で同じ車種なのに計器の位置や性能が変わっていました。また新しく覚えなくてはなりません。さて、「ありがとうございました」と車を始動しますと、事務所の全社員が両サイドに分かれて並び拍手で送ってくださいました。いつもそうなのですが、レクサスのセレモニーは、少々大袈裟過ぎて困るのです。

私にとって、十九号台風はこれで終わりましたが千曲川の水没の方その他、多くの被害者の方々をニュースで見るにつけ、その日から住む家もない人達のことを思うと心が休まりません。

私達にとって水はなくてはならない大切なものなのに、一瞬にして田畑を流し家屋を流し、人の命を流し家族の崩壊を招き、人が生きる為の手段としていた海洋資源も目茶目茶に奪い去られてしまいます。大自然の前では人間の優秀な頭脳をもってしても、何も出来ない無力さをいつも味わわされるのです、

しかし、人は、必ずこの災害を乗り越えて生きていくのです。どんな災害にも負けずに立ち上がっていく人達がいるのです。色々な立場の人達が、助け合い励まし合っていつか

平和で元の暮らしを取り戻していく姿は、動物の中で唯一知恵を持つ、これこそが人間の本質なのだと心から感動するのです。

栃木県佐野市におけるイチゴ農家は収穫を間近に控えていたのに、ハウスの倒壊で壊滅的な被害を受けたそうです。日本のイチゴ生産量No.1を誇る「とちおとめ」の被害は数十億円だそうです。

人は「動物の中では唯一つ考える力を持っているのです」命ある限り如何なる自然環境にも立ち向かっていき、生き抜く力を持っているのです。人類はこうして生きてきたのです。又そうしていかねばならないのです。

今や、IT革命と原子力を駆使して大自然の台風の方向を変えることは出来ないのか？原子力を破壊兵器ではなく、平和利用に繋げることは出来ないものか？　例えば、台風の目の方向転換の為に利用出来ないものかと、あまりにも素朴で、無知なことをいつも考えている私です。

宇宙の大自然の前では人間の能力はまだまだ未熟なのでしょう。いつの時代にか、台風災害を遮ることが出来るようになることを信じたいのです。

地球上に生きる全ての生物の存続の為に科学の力を、すべてを結集して、人間の能力を結集して乗り越えていく人間社会が必ずや実現することを心から願う私です。

マリちゃん

令和元年十二月、年末にマリちゃんにどうしてもお話がしたくて、朝四時三〇分に起床し、マリちゃんの眠っているお墓に行くことにしました。私のいつもの散歩道より少々遠いので車で行くことにしました。

マリちゃんは私より七歳も若いのに三年前にあの世に行ってしまいました。彼女に話したい時にはここに行くしかないのです。マリちゃんは、ここに眠っているのは幸せなのかもしれませんね？　生きている御主人様は自分の病院の診療と、自分の生活のことで毎日パニックになっているようよ。

「マリちゃん、今年も、もう少しで終わりよ、毎日気ぜわしくて私は生きているのも大変よ」とお花をあげてお線香をともしながら、話すのです。

三年前の五月、私の夫で院長の誕生日の食事会をしましょうと、マリちゃん夫婦をお誘いして和食のレストラン「木曽路」に行きましたよね？　あの時が貴女との別れの始めになったのです。

思い返してみると、あの日の夕方約束の六時にレストランの駐車場でお会いして「今晩は丁度会えたわね」と立ち話をした時に「啓子さん私ね、近頃体がだるくてこの辺が黄色くなっているのよ」と、首のあたりを触りながら私に見せたのです。その時私は直感で悪い予感を覚えました。

駐車場の外灯の明かりでは肌の色は殆ど分からないので「ちょっと待ってよ、お店に入ってからにしましょう」とさえぎって、並んでお店に入りました。兎に角、よほど私に話を聞いてもらいたくて待っていたらしく、まだ席に着く前から待ちきれず「ちょっと見て」と首のあたりを私に見せるのでした。「どれどれ」と洋服の襟をめくって店の明かりで拝見すると、確かに顎のあたりから首にかけて皮膚が黄色に染まっているのが分かりました、私もナースですから悪い予感が当たり、これは黄疸であることがすぐに分かりました。

「マリちゃん、食欲はあるの？　体がだるいと言ったわよね」と聞き返すと、マリちゃんが「私ね、階段を上がるのがきついけど寝ているほどではないので家事はしているけどね」と言うのです。

我が家の院長の専門が胃腸科外科で消化器の専門なのです。夫にすぐに話したいところでしたが、折角の食事会なので食事の後に詳しく話を聞くことにしました。

今日は院長の誕生日の食事会をセッティングしたので、和食のメニューの中から好みのものを注文して「先生お誕生日おめでとうございます」と乾杯して、食事会を始めることにしました。

「何度目の誕生日かな？　ここまで丈夫で生きているのは幸せと言えますよね？」とお互いの顔を見ながら「医者も毎日の診療は疲れるね、何時までも元気でいたいよね」と笑って話しました。

この店の自慢のしゃぶしゃぶ鍋を堪能しました。永い間お付き合いはしていますが、夫婦同士でのお食事会は、今回が初めてなのでとても会話が弾み、お互いの経験談を遠慮なく話し合いました。食事も終わりに近づいて、ではまた来年もこうしてお食事が出来ると良いねと挨拶しながら、マリちゃんからの相談事を院長に話してみました、院長もどれどれ、とマリちゃんの首のあたりを一目見て、「マリちゃん!!　これは大変だよ」と専門家として驚いていました。

「明日僕の病院に診察に来てくれ、すぐ血液検査をするからね」と約束をしました。次の日に、早速マリちゃんが診察にやって来ました。私はほかのナースに任せないで自分で採血をして、大至急で検査会社に提出しました。

検査結果は次の日に第一番のファックスで受け取りました。検査結果のあまりにも悪い異常値に驚かされました。検査結果を聞きに来たマリちゃんに院長先生が、データーを見ながら説明し始めました。これは即入院して治療を始めなければならないけど、当院は入院設備をしていないので入院が出来ません。しかしこの数値はあまりにも異常過ぎるので、このまま帰すわけにはいかなくなりました。

院長先生は一刻も早く治療を始めなければと思い今日は、ここで点滴をしましょうと、医局のソファーにベッドを作り急遽当院で点滴をすることにしました。

早速医大に紹介しすぐに入院するように手配をしましたが、空きベッドがなくて、今すぐに入院出来ません、との返事でした。来週月曜日からの予約になりました。

大学病院の入院待ちの数日間は当院の外来で点滴をすることにしました。

マリちゃんは次の週の月曜日に医大に入院しました。改めて血液検査をしましたが、データーがあまりの異常値で医大の先生も驚いていました。

その結果大変な病気と分かりました。どうしてここまで気が付かなかったのか？　何故？

マリちゃんは、娘の出産を控えていて自分のことを考える余裕がなかったようでした。

マリちゃんの夫も開業医ですし、娘二人が医者になっていましたから家の中には三人のドクターがいたのです、何故家族に相談しなかったのか不思議です。マリちゃんはとても我慢強いところがあるのですが限度ということもあるのです
ことわざで「紺屋の白袴」と言われているように信じられないことが起こるのです。

大学病院に入院してマリちゃんの本格的な治療が始まりました、手術も可能な範囲で行い一部を残して様子を見ることになりました。

取り敢えず日常生活が出来るようになりましたので、一旦自宅に戻りましたが、二か月して再び入院となりました。この病気は完全に治ることのない病気でした。

マリちゃんはお酒も飲まず、脂っこいものも好きではなくこんな病気になる要素は全くない人でしたが、我が家の医者の夫は言うのです、あるとすれば遺伝的な要素が強いと言

うのです。

マリちゃんの御実家の方々は、お付き合いが殆どないので事情が分かりませんでした。二度目の入院をしている時、近くまで行くことがあり「マリちゃん、気分は如何？　近くまで来たので会いにきたのよ」と病室を訪ねました。すると「啓子さん、私ね、もう誰にも会いたくなくなったの」とマリちゃんが言ったのです。私は、驚いてしまいました。「御免なさい、悪かったわね」とそっと手を握り「じゃ、またね」と言って病室を出ました。それから二〜三日して、御主人様から「マリちゃんが、亡くなりました」との知らせがありました。

私が見舞った日が、最後の出会いとなってしまったのです。

一週間後にマリちゃんのお葬式が行われました。葬儀場の前には、マリちゃんの、思い出のコーナーがあり家族の写真とゴルフ場の写真が沢山飾られていました、私とはゴルフ仲間でしたから思い出は沢山あります。

マリちゃんのパターは時間が少々かかりますが、カップインした時の両手を上げて「はいったわー」と嬉しそうな笑顔のポーズが目に浮かびます。又マリちゃんのゴルフファッションはいつも素敵でしたね？　とてもセンスの良いゴルフウエアーを着ていましたね。「これ、東京で、バーゲンで買ったのよ」と言いながらも、とても可愛くてよく似合っていました。

私達はゴルフコンペでよく御一緒していましたが、マリちゃんと名字が同じなのでいつもキャディーさんに最初にお願いするのです「キャディーさん、この人は、私の妹ですから。私達を呼ぶ時は、まりさん、啓子さんと名前で呼んで下さいね」と。

マリちゃんは私より若い分どんどんドライバーの飛距離が伸びてきて、私がいつも獲っていたドラコンをマリちゃんに全部獲られてしまうようになりました。コンペの優勝回数もマリちゃんの方が断然多くなり私は、完全に追い越されてしまいました。マリちゃんはこれからゴルフが楽しくなるという時に突然いなくなってしまったのです。私は、ライバルをなくして私のゴルフ人生においてこれ程悲しくて寂しいことに出会うとは夢にも思っていませんでした。ゴルフ仲間の御高齢の方が亡くなられるのは仕方のないことですが、マリちゃんが、この若さで亡くなったことは、心から悔しいです。

現在私が引き受けているこのゴルフ会の会長を、マリちゃんに是非引き継いで戴くつもりでいましたのに、前途ある若い人に先に行かれてしまったのです。

私は、今でも月二回のゴルフに行きますが、スタート前に必ずお空に向かって「マリちゃん、今日も見ていてね、応援してね、頑張るからね」とつぶやくのです。

ゴルフは四季折々の自然の中で、ゴルフ仲間というだけで、年齢も関係なく、広範囲の、職種の違う方々と和気あいあいとお付き合い出来て、一日を過ごすスポーツなのです。

ゴルフをこの年齢まで、続けてきたので、精神的にも、肉体的にも充実した人生を過ごす事が出来たのだと自覚しています。

「有難う」ゴルフ

ゴルフが私の人生にこれ程かかわってくるとは夢にも思っていませんでした。

私は、幼少の頃より病弱で、母が「この子は二十歳まで生きられるかしらね？」と口癖のように言っていたことを思い出しました。

小学校時代は、肋膜炎となり、肺に水が溜まり安静にしていなさいと言われて運動は殆ど出来ませんでした。中学二年生の時に何故か腹囲が大きくなり医者に行くと「これは腹水が溜まっていますよ、とにかく調べてみます」と言われて待っていると、先生の診断は「結核性の腹膜炎ですよ」の回答に驚かされました。当時第二次世界大戦の後で結核が流行り、私の従妹のお姉さん達が二人も肺結核で亡くなったのです。

途端にドクターストップがかかりました。結核は感染率が高いので即休学して安静にしてください。クラスの友人達や周りの人達に感染しても困りますので、隔離出来る場所で栄養を充分に取って静養して下さい。と、とんでもないことになってしまいました。

クラブ活動で、同級生達が放課後遅くまでバレーボールの練習をしているのを見て「あんなに疲れることをやって何が楽しいのか？」、と思っていました。自分がいつも疲れやすく、一日のカリキュラムを終えるのさえ大変なことと思っていました。つまり「結核性腹膜炎」と言う大病になっていたせいでした。

中学二年生を休学することになりました。

当時結核菌に画期的な効果のある「ストレプトマイシン」という薬が出来てとても高価でしたが、母が「この子が元気になれるなら田畑一枚売ってでもこの注射をして下さい」と医者にお願いしてくれました。その時医者が「結核はよくなりますが副作用として将来難聴になると文献に書かれていますので、これを承知しておいて下さい」と念を押して話されました。

当時は医療保険もなくて、病気になれば自費で支払いするか、物をもって支払いするしかありませんでした。

母の一大決心で医者に納得して戴き、ストレプトマイシンのお陰で完璧に腹膜炎も良く治り、学校に行っても良いでしょうと、医者の許可が下りました。しかし、二年生の殆どは家にいたので二年生のカリキュラムはすべて駄目で、もう一度二年生をしましょうということになりました。これから高校の進学もあるからその為にはしっかりと基礎を勉強したほうが良い、長い人生で、ここの一年は無駄にはならないからと一学年下のクラスに編入されました。ここで私は、同級生が二倍になったのです。一年下の学年には弟が居ました。この頃何故か二クラス合同で授業を行うことがありましたが、弟はBクラスで私はDクラスにして下さいました。

先生達は気を遣って弟と一緒になるクラスにはしませんでした。しかし、補習授業というものがあり、弟と一緒になる時がありました、その時は先生が、わざと「弟は優秀だぞ、お姉さんは頑張らないと負けちゃうぞ」とよくからかわれたものです。

幸い県立の高校の進学クラスに合格することが出来ました。私は、母子家庭でしたから進学クラスにいても大学には行くことは出来ませんでした。私の生家の向かい側に町一番の開業医院がありました。そんなわけで医療関係の仕事に就きたいと思いながら育ちました。

そんな私ですから、進路指導の先生に「大学はどこにしますか」と言われても「医学部」などと言えるわけもなく「医療関係に行きたいです」と答えていました。一番親しかった友人が大阪の看護学校に入学していたことを思い出し早速友人に話を聞きました。すると、この学校は逓信省が看護婦の養成をしていて、入学金も学費も全部国が負担して全寮制で、寮費も無料食費も無料でした。母子家庭の私には最高の条件でした。兎に角、母からは、小遣いの送金をしてもらうだけで三年間の勉強が出来るのです。当時はそんな学校があったのです。

私は、友人と同じ学校に入学することが出来ました。

三年間の看護学校を卒業して看護婦の資格を取りました。国家試験にも合格して、ある方の紹介で、東京の大学病院に就職しました。

この大学病院で外科医である胃腸科専門の夫に巡り合いました。結婚をして共働きをしていましたが、結婚二年目に腸結核を再発して入院手術となりました。腸の癒着をすべてなくすことが出来ず、術後の腸閉塞症が一か月に一回は起こるようになり、腸を動かすことを考えなければならなくなりました。一番良いことは歩くことでした。毎日の散歩を始めてみました。朝五時に起床して、三千歩くらいの距離をひたすら歩きました、すると、とても調子が良く便通も良くなり腹痛が起こらなくなりました。夫と、これから長く付き合う為にも共通の趣味のゴルフをしてみようと思い立ちました。これこそ歩くスポーツなのです。これまではゴルフは見るものであって、自分がするものではないと思い込んでいました。しかし、コースに行けるまでは簡単ではありませんでした。先ずレッスン場に行きインストラクターの指導を受けてゴルフのマナーとルールを学びました。約六か月かかりました。ボールを中々打たせてはくれませんでした。何しろクラブにボールが当たらないのです、兎に角上がるボールが打てないのです。

こんなにも難しい物なのかと途中で止めたくなりました。それが、今では、ゴルフなしの人生は全く考えられません。メンバーコースも三コースに所属して今でも月例に参加しています。

もうすぐ八十歳を迎えようという女性がこんなことを言っていて良いのでしょうか?

最近、早朝にゴルフ場への運転をしながらよく自問自答をしますが「貴女は何歳ですか?」「私は、七十九歳です」「これから何処に行くのですか?」「ゴルフ場に行くところです」「ゴルフは出来るのですか?」「今日は月例に参加です」又は「女子研修会です」、

「今日は銀行のコンペです」と答えながら何時もハンドルを握るのです。

時には、ナビゲーションの案内とけんかすることがあります。

「この道新しく出来たのよ、ナビさんあなたいつもこの交差点に来ると「ここを左に曲がって下さい」と言いますが、ここは直線道路になったのよ、曲がらなくて良くなったのよ、知らなかったの？　覚えておいてね」などと言いながら運転するのです。

ゴルフは朝が早いのです、スタート時間に間に合うようにゴルフ場に行く為には私の所属クラブの一番近いコースでも、車で四十分はかかるのです、最近私は、朝食をコースで戴くことにしました。早朝に大急ぎで支度しても起き掛けでは、まだ食欲もありません。時間を気にしながらでは落ち着きません。コースに着いた頃が丁度良い朝食の時間となるのです。

ゴルフはいつも日曜日で、道路は平日と反対の方向なのでとてもすいているのです。

丁度良い時間に到着しました。フロントで受付して二階のレストランに行きます。

定番の「お粥定食」をオーダーします、その頃仲間達も到着してコーヒータイムとなります。スタート時間までパター練習場でパターをすることにしました。いつも同伴の恵美《えみ》子《こ》さんはショットの練習場に行き一籠くらいを打って上がってきました。

今日はこのコースナンバーワンの芳子《よしこ》さんも一緒にプレーすることになりました。

芳子さんは、今は、女子研修会の会長ですが、私より後に入会してきた方なのです。芳子さんは、私よりも十歳は若くて体格が良く、身長が一七〇センチくらいありました。声は低くて背中で聞くと、男性か？　と思うくらいでした。しかし、手先が器用で、お裁縫が得意で、ハワイアンキルトとかビーズアクセサリーを作るのがとてもお上手でした。私も彼女から、ビーズ製のイヤリングとか、指輪、小物入れなど沢山戴きました。また、お料理も上手で、いつか自分で作ったうどんをたべる？　と電話があり、我が家まで一時間もかかるのに持ってきて下さいました。うどんは粉から捏ねて一晩寝かせてから伸ばしてうどんに仕上げるのだそうです。芳子さんのうどんは、こしがつよくとても美味しいうどんでした。

そんな彼女が、突然ゴルフが出来なくなりました。ご主人様が脳梗塞で倒れて入院したと言うのです。私は、驚きました。早速病院にお見舞いに行きました。御主人様は半身麻痺と、色々なことが分からなくなっていましたが、私のことは分かってくださいました。

兎に角早く良くなってゴルフ場でお会いしましょうと、両手で握手して戻りました。しかし、彼と二度とゴルフ場で会うことはありませんでした。脳梗塞の、急性期が過ぎて、これ以上の回復はないことが分かり退院してきました。体は半身麻痺となり言葉も流ちょうには喋れません。芳子さんの介護なしでは日常生活が何も出来なくなりました。

芳子さんは、毎日毎日の介護では心身共に疲れてしまいます。御主人様は近所の施設でデイサービスを利用出来ることになりました。

久しぶりに、芳子さんはゴルフが出来るようになりました。少しやつれた感じはありましたが、今日の芳子さんは活き活きとして豪快なドライバーショットを飛ばしました。

パワーは変わらず、気分を見事に一新することが出来ました。

「良かったわね、せめて一週間に一度はゴルフしましょうね」と仲間達は、芳子さんの沈んだ気持ちに勇気を与え、全てを忘れて、プレーに打ち込める日を持てるように仲間で協力しましょうよと話し合いました。

私は、ここにゴルフの不思議な力を感じるのです。仲間意識と仲間達の心の支えと、芳子さん自身も研修会の会長としての責任感で、以前の芳子さんを取り戻すことが出来ました。社会福祉の行政も進んで健常者も身障者も共に楽しく生きられるようになってきました。

いよいよオリンピックです。そして、パラリンピックです。次の東京オリンピックから、新しくゴルフ競技が正式種目に加えられることになりました。自分の年齢を考えると本当に不思議です。しかし、ゴルフは年齢に関係なくマイペースで出来るスポーツの代表的なものなのです。スポーツの中でも年齢の制限もなく、職業の区別もなく唯ルールとマナーを守って、スロープレーにならないよう、他のプレーヤーの迷惑にならないように心がければ、何処に行ってもプレー出来るのです。

これこそスポーツの中のナンバーワンのスポーツと言えるのではないでしょうか？

スポーツ嫌いの私が、ゴルフは最高のスポーツと心から思えるようになったことに感謝しています。ゴルフは紳士、淑女のスポーツとよく言われますが、この精神こそが全てのスポーツに共通しているのです。

ゴルフ競技がオリンピック東京大会から正式種目に認められることになりました。しかも競技会場が日本の数あるゴルフ場の中で、私が住んでいる川越の名門と言われる「霞ヶ関カンツリー倶楽部」と決まったのです。

このゴルフ場は自分も何度もプレーしましたがとても雄大で、距離もたっぷりあり、如何にも日本らしい松林のセパレートは、世界中のゴルファー達の目を楽しませてくれることでしょう。

これは私にとっても最大の喜びです。

心から応援していきたいと思います。

私はこんな顔じゃない

五月晴れの気持ちの良い朝です。青い空には白い雲が、フワフワと綿あめのように左から右に流れていました。

今日は院長先生の自慢の薔薇園をお見せする約束をしていました、ロータリークラブ会員の奥様達が、昼食後のひと時にいらっしゃいました。約五名で、車は病院の駐車場に止めて戴きました。病院の右手の横庭を通り抜けて裏側の自宅に来て戴きました。今日は庭の薔薇をお見せするので表玄関ではなく、直接庭にお入り戴くことにしました。

庭に入る枝折戸を開けると院長先生の丹精の咲き誇る薔薇が香りと共に、目に飛び込んできました。「ウアー綺麗ですね」と歓声が上がりました。庭中が甘い香りに包まれていました。庭の中心はグリーンの芝が植えられていますので薔薇の花が一際美しく映えるのです。

赤、白、ピンク色、黄色、これはプリンセスモナコよ、こちらは、プリンセスミチコよと殆ど名前のある薔薇が百本以上植えられていました。

それぞれこだわりの名前の花なのですが、数が多過ぎてとても覚えきれません。

一重の花、八重の花、花びらがびっしり詰まったイングリッシュローズなどひと通り花を眺めた後、庭続きのサンルームにお入り戴きました。ソファーに腰かけてガラス越しに薔薇園を眺めることにしました。

ティータイムにハーブティーといきたいところですが、今日の皆様は御抹茶がお好きのようなので私の御手前でお薄を一服差し上げることに致しました。

「あら、お薄でございますか？　私大好きです。薔薇にお薄も最高ですね！　こんな組み合わせも良いですね!?」

「今日のお招き本当にありがとうございます。花は素晴らしいし、庭一面の薔薇の香水に包まれて私達は心から幸せを戴きましたね」と話がはずみました。

折角ですから記念写真を撮りましょうよ、誰かが言いました。皆も賛成してそれは良いわね是非そうしましょう、とお茶の後にもう一度庭に出ました。

手元にあったカメラで、一番よく咲いているピンク色の「アンジェラ」という名前の薔薇の前で一枚撮りました。最近のカメラはデジタルカメラなのですぐ映り具合を見ることが出来るのです、皆で拝見しました。すると初枝《はつえ》さんが「あら、私はこんな顔じゃないわ」「もう一度撮り直しましょう」と言うのです。ではそうしましょうと何度か撮り直しましたが初枝さんはどうしても納得しませんので「どうしてなの？」と話を聞いてみました。すると「先日、娘の所で写したけど、とても良く写っていたのよ」と言われたので、「それはいつなの？」と聞いてみますと「あれは確か二年位前よ」と言われて私は驚いてしまいました。

最近は写真を写すことも忘れている毎日なのですが、人間は歳を重ねてきているのです。いつまでも若く美しいとは言えないのです、

薔薇の観賞会のはずが思わぬ所で自分達のこれからの生き方の話となってしまいました。

「写真は、嘘は申しません」、なので真実を伝えているのですからどうしようもないことなのですが、確かに初枝さんはみんなの中で一番若くて、とてもキュートな可愛いお顔の方だったのです。

しかしそのイメージがこの二、三年ですっかり変わってしまったようです。

これには、大きなわけがあったのです。

彼女は最近最愛の御主人様との別れがありました。それでなくても年を重ねる毎に、体形も変わり顔の艶もなくなり皺も増えてくるのです。

初枝さんが御主人様と出会ったのは確か中学生の頃と聞きました。私の知る限りでは、教師と生徒の出会いだったそうです。

若き教師がお教室で、このキュートで愛くるしい教え子を、毎日眺めながら授業をしていたと思うと何ともロマンティックな出会いではありませんか？　初枝さんはいつも私たちと話す時は「パパ、パパがね」と呼んでいました。その、最愛のパパが亡くなったのです。

大変ショックな出来事でしたから、初枝さんも自分の最近の変わりように気が付いていなかったようです。

御主人様の葬儀には今日のメンバーで参列いたしましたが、仏教ではなく神道でいらっしゃいまして「神式」で行われました。式場は白一色で飾られた祭壇で、神主様のお祓いで行われ、仏教でお焼香という所が、榊の玉串奉奠となりました。

「二礼、二拍手、一礼」となるのです。とても、厳かで、貴重な経験となりました。

私の華道の先生が「お顔の横皺はよいですが、立て皺にならないように気を付けましょうね」といつも言ってくださっていたことを思い出しました。初枝さんが笑顔になるには相当時間がかかりそうです。

丁度この頃に笑顔の可愛い双子の百歳を過ぎた「金さん、銀さん」の話題がテレビを賑わしていましたが、あの二人の様に歳を重ねても可愛らしい笑顔で生きていきたいね!?と皆で誓って、今日の薔薇の観賞会を終わることに致しました。

では、お好きな薔薇を一輪ずつお持ち下さい。又来年も元気で薔薇を見に来て下さいねと言いながらお好みの薔薇を切って差し上げました。

さて、薔薇は、花が終わるとこれから一年間、来年の薔薇を咲かせる為の作業が始まるのです。先ず咲き終わった花の花柄の剪定をしなければなりません。来年の薔薇の咲き具合をイメージしながらバランス良く剪定していくのです。これから暑い夏がやってきます。雨の日以外の朝夕の水やりは欠かせません。大変な薔薇管理の一年の始まりなのです。

作業の中でも薔薇の根元の雑草取りが一番大変なのです。除草剤を使えば良いと言われますがこれは薔薇の根も枯らしてしまうのです。手で取るしかありませんが、薔薇の刺に阻まれて思うようにいきません。来年も美しい薔薇を咲かせる為には、適切な剪定と除草と夏の水やりと秋の追肥料が大切なのです。

来年も皆様に美しい薔薇をお見せ出来ますようにと思うのですが、越年して三月頃の開花前になると油虫の大発生があります。薔薇のみならず他の花木にも大発生するのです。消毒を数回行う必要があります、自然との戦いの始まりです。五月の美しい薔薇を咲かせる為の管理に頑張るしかありません。

またこの薔薇園で元気でお会い出来ますようにと言いながら、次回からは記念写真はやめにしましょうね！　写すのは薔薇だけに致しましょうと口々に話しながら「では、又来年を楽しみにね、本日はありがとうございました、さようなら！」と皆様は散会して、その日の薔薇観賞会を終わることに致しました。

今日の奥様達は夫がロータリークラブ会員なので、一年に何回かのミーティングでお目にかかるのですが、そんなに極端に変わることはないと思っていましたから、今日の初枝さんの意見は本当に驚きでした。しかし、年々歳を重ねるうちに今日のような出来事に出会うのでしょうね!?

私も毎日鏡を見てお化粧していますが、いつの間にか変化する頭髪の白髪とか、眉毛の形とか、目じりとかの老化現象にはあまり気が付かないのです。

これからは、自分も心して過ごさねばと大いに反省致しました。「ああー歳は取りたくないわね」が挨拶の言葉になりますね!!

ジェニー

院長先生のロータリークラブで交換留学生をお世話することになりました。丁度回り持ちで会長を引き受けた年でしたので、空いている病室の一室を使用して一年間の予定で預かることになりました。

さて、来日の日になり、院長先生と私とロータリークラブの幹事役をしていた増子《ましこ》さんが同伴して成田空港まで迎えに行くことになりました。

成田空港には、地区別のロータリークラブに行く交換留学生達が大勢到着していました。

その学生達の中の一人で、異常に太っていて一際目立つ女の子？　が、我がロータリークラブが預かる予定のジェニーでした。

アメリカのニュージャージー出身でした。

名前と所属するクラブを確認して、荷物と巨体のジェニーを車に乗せて成田を後にしました。我が家へと向かいましたがお昼時となり、途中のファミリーレストランで昼食をとることにしました。

レストランで、ステーキを注文するとジェニーがニッコリ笑って「オーワンダフル、ステーキ」と、とても喜びました。日本語は全く話せませんでした。

川越に到着してジェニーが一年間過ごす病院の一室に案内しました。

今日から奥様は和英の辞書を片手にジェニーとの生活が始まるのです。

その日の夕食からお付き合いしなければならなくなりました。自宅でしていた食事を院長も病院の食堂でジェニーと一緒にとることにしました。

第一日目の夕食に「しゃぶしゃぶ」の御鍋にしてみました。牛肉のシャブ肉を沢山用意しました。「ジェニー、ディナーよ」食堂に案内しました。初めての日本の食事なので美味しい鍋料理にしたつもりでしたが、何故か見ただけで気に入らない様子でした。「ホワイ？」と尋ねると「お肉が薄い」と言うのです。「とにかく、食べてみて」と言って奥様が、お出汁の中でお肉を洗うようにしてたれにつけて一口食べさせてみました、すると「オーデリーシャス」と言って自分でお肉をしゃぶしゃぶにして喜んで食べました。ご飯もお茶碗で食べるのは初めてとかで、先ずお箸の使い方の説明をしなければなりませんでした。

奥様は、ああー大変、これで三食を毎日ジェニーに付き合うのかと思うと気が変になりそうでした。

幸い患者食を作る賄いのおばさんが住み込みでいましたので、一緒に手伝って戴くことにしました。

ジェニーは高校生でしたので川越の女子高の一年生に編入させて戴くことになりました。学校サイドは進学校なので、このようなことは生徒の勉強の妨げにならないようにして欲しいと言って、あまり歓迎されませんでした。

奥様が、「せっかく日本に来たのですから、日本的なクラブ活動の茶道か華道、または弓道のクラブにでもお入りなさい」とアドバイスをしましたが、全く関心がありませんでした。奥様は最も日本らしい楽器の「お琴」の演奏の心得がありましたから久しぶりに、お琴を取り出し、駒を立て調子を合わせて「さくら変奏曲」を聴かせてみましたがニコニコと聴いてはいましたが、興味は全くありませんでした。

毎日自転車で通学だけはしていました。何しろ、身長が一七〇センチ、体重が八〇キロはありましてスポーツは全く関心がなく、母親から送ってくる甘いチョコレート菓子やクッキーを食べ放題に食べていました。これでは太るわけです。

奥様は、何か決まった仕事を与えようと、病院の前の植え込みにホースで毎日水撒きをすることをお願いしました。

あの暑かった夏が過ぎ季節が秋めいてだんだん寒くなって参りました。

セーターを着るような寒さになりました。奥様はスモールサイズなので奥様のセーターは役に立ちません、そこで男性会員にお願いすることに致しました。男物でもカラフルでとても良いセーターを数枚お借りすることが出来ました。

当院の職員達も、ジェニーに気を遣って日曜日に何人かで旅行に連れて行ってくれました。長野の温泉に行ったそうですが日本の「ホットスプリング」は大変気に入り喜んでいました。ロータリークラブのセレモニー等も時々あり院長先生と出かけていました。

ある日、ジェニーから交換留学生達が「タコスパーティー」をしたいのでお願い致しますと言われ、一緒に日本に来た交換留学生の友人達を連れてくることになりました。タコスはアボカドやハムやキャベツを入れて作るのだと、初めてジェニーがキッチンでお料理を手伝いました。この日は友人達が集まり言葉も英語で自由に喋り、とても、御機嫌でした。しかし、奥様は、仕事をしながら片言の英語での会話は疲れてきました。一年間預かる予定でしたが、どなたか別のホストファミリーを探して戴くことにしました。栗原《くりはら》会員の奥様が、元教師で英語が多少出来ると言う方が見つかり三か月位ならと言って、引き受けて下さることになりました。

栗原会員宅でも娘、息子さんが付き合って下さり、日本のディズニーランドなどに連れていって下さいました。楽しく三か月が過ぎて最後のホストファミリーはお寺をしている方の所に行くことになりました。御寺なので日本の最も日本らしい場所と思いましたのに、相変わらず日本のことを学ぶことは全くしないでホームステイの一年が終わることになりました。

最後に預かることになったお寺のホストの奥様は日本の思い出にと、浴衣の着物と帯をプレゼントして下さいました。いよいよ成田まで見送りに行って下さることになりました。

空港に着くと一緒にホームステイした仲間と共に大はしゃぎして「バイバイ」の一言で行ってしまい、余りにも素っ気ない別れでがっかりしたと言われてしまいました。最初にお預かりしたホストファミリーとして本当に申し訳ないことをしてしまったと大いに反省致しました。

やはり我々日本人は国民性を大切に持ちたいと思わされました。

東京オリンピックが近くなりましたが、日本人の「おもてなしの心」をどれだけ世界の人達に届けられるかが最大の課題でもありますし楽しみです。

ジェニーが帰国してからロータリークラブの事務所宛に届いた便りに「ホストファミリーの永倉のママが教えてくれた歌が一番心に残っています」と書かれていました。これは沖縄民謡で、当時とてもヒットしていました。

「花～すべての人の心に花を～」でした。この歌は、奥様が日本語の意味を話しながらじっくりと教えた歌でした。

川は流れて、どこどこ行くの
人も流れて、どこどこ行くの
そんな流れが着く頃には
花として花として咲かせてあげたい
泣きなさい、笑いなさい

いつの日か、いつの日か花を咲かそうよ

涙流れて、どこどこ行くの
愛も流れて、どこどこ行くの
そんな流れをこのうちに
花として花として迎えてあげたい
泣きなさい、笑いなさい
いつの日か、いつの日か花を咲かそうよ

花は花として笑いも出来る
人は人として、涙も流す
それが自然のうたなのさ
心の中に心の中に花を咲かそうよ
泣きなさい、笑いなさい
いついつまでも、いついつまでも花を咲かそうよ。

せめて、この歌一つでも日本のお土産になったことは良かったのか？　と思う私です。ロータリー精神に適ったのかもと自負した思いです。

ロータリー精神というものがあります。

「四つのテスト」（言行はこれに照らしてから）

Ⅰ．真実かどうか

Ⅱ．みんなに公平か

Ⅲ．好意と友情を深めるか

Ⅳ．みんなのためになるかどうか

「ロータリアンは、この四つのテストを常に念頭に入れて行動しております」となっていて会合の冒頭に列席者全員で読み上げることになっています。

思い出の夏休み

今日から楽しい夏休み！

兄弟達は、海へ出かける支度に余念がない。

母の実家が海辺の町にあり、毎年夏休みには先ずその実家に行き、夏休みの半分は泊まり込みで、海で過ごすのが恒例となっていました。

夏休みのそれぞれの学校の宿題と、着替えと、水着と、おばあちゃんへのお土産をリュックに詰めて準備を終わり朝食の後に出かけることになっていました。

母は四人分のお握りを作ってくれました。

母の実家は、近くの海とは言え、バスも電車もなく徒歩で行くのです。子供の足で約三時間はかかるのです。

私達は、海の楽しさのことを思うと遠いなんて少しも思わなかったのです。私達は麦わら帽子を被りそれぞれのリュックを背負い我が家を出発しました。

海辺の母の実家には、母の兄夫婦とおばあちゃんと、いとこ達も四人いました。子供が八人になるのでした。

夏の陽射しが強く頭や顔から滝のように汗が流れてくるのです。

三時間の道のりは決して半端ではありません、くじけそうになる自分を抑えて、長男の指示に従い四人で励まし合って、やっとおばあちゃんの家にたどり着きました。母の母であるおばあちゃんは「おお！　よう来たよう来た」と大歓迎してくれてお昼ご飯を作って、待っていてくれました。母の手作りのおにぎりはとっくに途中で食べてしまっていましたから、おばあちゃんの昼食も美味しくてペロリと食べてしまいました。

昼食が終わると、歩き疲れも、ものともせず、早速海に行くことにしました。

おばあちゃんの家から十分も歩けば海岸です。

海まではゴム草履（当時小学校で配給されたもの）をはいて行きました。真昼の太陽は容赦なく白い砂浜を照りつけ、足の裏がやけどする位に熱くなっているのです。

白い砂浜が見えてきました、私達は「ウアー海だー」と叫んで駆け出しました。

日本海の海の色は青く、真っ白な砂浜は焼けるような熱さです、砂浜から波打ち際まで一気に駆け抜けました。

波打ち際で白く砕けるザーという波の音がとても新鮮でした。

遠く水平線までさえぎるものもない、青く澄み切った日本海の波の中へ頭から飛び込みました。

「アー今年の夏の始まりだー」と感激したものです。

自然の恵みにこれ程浸れる場所はほかにはありません。空は青く太陽が真上から照り付けて海水の温度が肌に丁度良い冷たさなのです。

波打ち際から二〜三十メートルは遠浅になっていて子供の背たけ位の深さです。

海底は砂ですから安全なのです。海に慣れた実家の子供達と一緒なので、とても心強く楽しい会話がはずみます、泳いだり、息を止めて潜ったり、足の裏でぐりぐり探ると、時にはハマグリを見つけることがありました。

泳ぎ疲れて、焼けた白い砂浜に大の字に横たわり「甲羅干し」をするのです。暑い暑いと言いながらも、長時間海水に浸っていると体が冷たくなるのです。時々休息もかねて温かい砂の上で「甲羅干し」をしなければなりません、それが又まるでサウナに入るようでとても気持ちが良いのです。

今日の海水浴を午後四時頃に終わることにして、子供達は実家にぞろぞろと戻ってきました。おばあちゃんがお風呂を沸かして待っていてくれました。男の子達と女の子達で別々にお風呂に入り、頭からお湯をかぶり砂を落として潮出しをするのです。頭からしょっぱいお湯が流れ落ちてきました。湯船にどっぷりつかり、全身がさっぱりとなりました。

「アーお腹がすいた」と誰かが言いました。すると、僕も、私も、と八人の子供達が口々に言い合い食堂に集まりました。

夕食の前に、今夜は久しぶりに会ってお互いの身長を比べ合うのでした。一年でぐんと伸びた子もいるけどあまり伸びない子もいてお互いの学校での会話が楽しいのです。

当時はラジオの時代でテレビはありません。

夕食が終わる頃低学年の子は、箸を持ったまま疲れ果てて、うとうとと、眠り始めました。

おばあちゃんは、隣の部屋に、御布団を敷いてくれました。

今日は遠路の徒歩と遊び疲れで、すぐに「おやすみなさい」と言って布団に潜り込みました。

次の日は、伯父さんの船で大島に行くことになりました。大島で飯盒炊爨をするのです、海で採った貝を沢山入れて飯盒でご飯を炊きサザエのつぼ焼きや、お刺身を自分達で作りおなかいっぱいたべました。食事が終わると岩と岩の間の海に水中眼鏡をつけて潜り、海の珍しい海藻や小さなエビやカニを見つけるのです。ここは水族館ではありません、同じ海水に浸りながら手に取って楽しめるのでした。なんて素敵な空間でしょうか、この経験は何物にも代えがたい思い出でした。

伯父さんの都合で毎日ではなく仕事の合間を見て、夏休み中に何回か連れて行って下さることになっていました。

伯父さん達は海で採れる若布を「板わかめ」に生産することを、生業としていたのです。

「板わかめ」はこの地方の独特のものでお味噌汁に入れるものではありません。

先ず、海から水揚げした大きなわかめを裁断して、広大な砂浜に一定の大きさに切った簾に広げて、同じ間隔を保って天日干しを行うのです、それこそ浅草のりなどの製法と全く同じでした。

日没になると、この若布を一枚ずつはがして板のようになったものを五枚重ねて束ねてセロハン紙の袋に入れて製品にするのです。縦六十センチ、横三十センチ位の大きさなのです。この作業は一日ですべてを終わらなければ良い板わかめは出来ないのです。朝から、曇りの日には作業は中止となるのです。

板若布のおいしい食べ方は、海苔のようにさっとあぶり、ぐずぐずと手の中で崩して温かいご飯にふりかけて食べるのです、磯の香りと程よい塩味と香ばしさがたまらなく美味しいのです。

今スーパーで一番人気の「若布おにぎり」の原点だと思われます。

しかし、高齢化で伯父達のような浜の漁師達がいなくなり、若布の製法もすべて電化されて天日干しの自然の味が消えてしまいました。

天日干しと言うのは一日で完璧に仕上げなければ美味しい物は出来ません。田舎のスーパーにも形は同じようなものが販売されてはいますが、味は全く変わってしまいました。販売元を確かめながら色々と買い求めてみますが、私達が子共の頃に味わったものは見つかりませんでした。今や、全て電気で処理が行われるそうで、自然の天候のリスクがなくなり計画的な量産が出来るのです。

さて、夏休みも残り少なくなり、まっくろに日焼けした町の子四人はいよいよ明日自宅に戻る日がやってきました。

楽しかった夏休みも今夜で終わりです。皆で「枕投げ」などをして「楽しかったね、また来年ね」と約束をして疲れて眠りました。

いよいよ帰る朝がやって来ました。又、あの長い距離を、徒歩で帰らなければなりません。

朝から荷物の整理をしていつものお土産を採りに表の庭に出ました。そこには、大きな「無花果」の木あるのです、子供が四人で登ってもびくともしません、この無花果は本当に甘くておいしいのです。大きな手篭に山のように入れて、この夏の海にお別れをすることになりました。

「さようなら伯父さん叔母さん有難うございました。また、必ず来年も来ますから宜しくお願いします」と一列に並び挨拶をしました。従妹の子達は、村はずれまで一緒に送って来てくれました。

この夏の美しい日本海の思い出は今も鮮明に心に残っています、心の宝石のように思います。

ただ、時を経て、この海のはるか向こうに朝鮮半島が繋がっていることは、とても複雑な気持ちでいる私です。北にしても南にしても生活様式と言語は全く同じ国が何故？　こんなにも憎み合わねばならないのか？　どんなに考えても納得がいきません。

いつの日にかお互いに笑い合える日が必ず来ると信じている私です。

雑草のごとく、生きよ！

庭の草取りに追われる毎日にふと手を止めて考えました、この雑草も自分の生きる道を求めて一生懸命に生きているのか？

人間側からすれば迷惑千万の雑草も、環境さえ整えば、必ず芽を出し、花を咲かせ実をつけて次の世代を残す為の作業を雑草なりにしているのです。

兎に角、その繰り返しのあまりにも速いサイクルには驚かされます。

草取りを終わったつもりで、一息ついていると、一週間もたたない内に同じ場所に早くも二つ葉が出てきました。ほんの少しの土とほんの少しの水があれば必ず芽を出してくるのです。この、生命力にはとても人間はかないません。

先日「明治座」の観劇会にいきました。東京のど真ん中に位置していますが、地下通路から地上に上がり、劇場まで数メートル歩きましたが、大きな道のセンターラインの隙間にも雑草の、エノコロ草が生えているのです、これは通称「猫じゃらし」と言われている雑草ですがこの繁殖力には本当に驚かされます。この雑草の穂先の部分が、猫がじゃれる穂先の部分であり、繊毛の付いた種がぎっしり詰まっているのです。この穂先が風に揺れるたびに種が遠くに飛ばされて何処までも飛んで行きアスファルトの割れ目の隙間や、ビルの屋上だろうと必ず、種が落ちて繁殖するのです。小さな内に摘み取れば良いのですが道行く人は、決して抜き取ったりしません。まして晴れ着を着て観劇などに行く人は気にも留めません。しかし、私は、いつもの習慣でつい手を伸ばして抜きたくなるのです。私は、この猫じゃらしの穂先を乾燥させて、ばらして種を数えてみました、一本の六センチ程の長さの穂先に三百個もの種が付いていたのです。

私は、今年の夏を雑草退治にかけてみました、我家の庭はかつて院長先生が趣味の園芸で薔薇園を作っていました。

皆さんをお呼びして薔薇を鑑賞しながらお茶を楽しんでいましたのに、二年程前から院長先生が「脊柱管狭窄症」を患い園芸作業が全く出来なくなりました。それから後は大変です。薔薇の根元の雑草を取らなければ、きれいな花が咲きません。除草剤もありますがこれを使うと薔薇も枯れてしまうのです。ここで、人間の両手が如何なる道具よりも優れていることに、気が付きました。雑草は根元から根こそぎ抜くことが肝心なのです。そうすることで、雑草の成長を止めることが出来るのです。つまり草の根が残っていると絶対にエノコログサが生えてくるのです、花が咲くのです。草刈りと言って鎌で刈り、根を残してしまうと、かえって、草の剪定になり、草に勢いをつけて草の成長をうながしてしまうのです。ですから根こそぎ抜くしかないのです。

私は、草取りを早朝の涼しい内に始めることにしましたが、草むらの中から思わぬ大敵が現れました。それは、藪蚊の大群です。払っても、払っても全身に襲い掛かるのです。藪蚊にしてみれば、心地よく眠っている早朝に、突然起こされたのですから皆で反撃してきたのですが、虫除けスプレーを吹き付けても効果は殆どありませんでした。そこで、頭から全身を覆うネットで出来た作業衣を通販で購入して、草取りをすることにしました。蚊の大群は避けることが出来ましたが今度は、日頃使わない右手の上腕の筋肉に痛みを感じるようになりました、簡単に草取りと言いますがこの作業は右手で草を抜く時にかなりの力を入れなければなりません、一週間も草取りをしていたら右手の肘関節の筋肉痛が激しくなりました。握力も弱くなり、摑んだものを落としてしまうようになりました。冷たいタオルで冷やして湿布すると、とても気持ちが良くなりました。暫く草取りを休むことにしました。四～五日休んでみましたが、痛みは良くなりませんでした。薔薇畑を見るたびに草が生い茂っていくのです。毎日雑草が生い茂っていく光景を見るたびに焦ってきます、まして雨でも降ろうものならあっと言う間に草丈が倍になるのです、雑草が膝丈まで伸びてくると薔薇畑の薔薇の木が草に埋もれて、隠れて見えなくなるのです。こうなると、かなり腕に、力を入れて草を抜かなければ抜けなくなるのです。右手の痛みは使い過ぎにより炎症を起こしてしまいました。しかし、作業をやめたくはないのですが、日常生活に支障をきたすことは困るので、薔薇畑の半分をのこして草取りを中止とすることにしました。薔薇園を縮小するしかありません。猫じゃらしのほかにもう一つ厄介な雑草があります。

これは強靭な地下茎を持ち何処までも延びていき、環境が良いところに来て芽を出してぐんぐん成長するのです、その名を「ヤブガラシ」と言いますがつまり、あの竹藪をも枯らしてしまうと言う意味があるのです。地上に出てくると弦を巻き付けどんな高い大木にも登って行くのです。そして、うっかりしていると薔薇の上に覆いかぶさるように巻き付いて自分の花を咲かせるのです。

さて、秋咲きの薔薇の次にコスモスの季節がやってきました。あちこちに芽を出したコスモスが勢いよく育ってきました。これも、余りにも多い本数なので間隔を開けて間引くことにしました。花の色は、赤い花は茎を見ると、茎も赤く、白い花は、茎はグリーンなのです。庭を見渡してコスモスが一面に咲いた時のことを思いながら間引いていくことにしました。コスモスは、とてもひ弱に見える苗木ですが乾燥に強く今年の夏の暑さにも負けず頑丈に育ちました。ただ、台風の大風には相当なぎ倒されてしまいました。

平成三十年の夏の台風の数は半端ではありませんでしたし、しかも大型の台風ばかりでした。

我が家の被害は、たいしたことではありませんでしたが、日本列島を通過する度に熊本、大阪、北海道など大被害をもたらしました。

台風が通過するたびに死者と大雨による河川の氾濫でかなりの家屋が流されて、その度に仮設住宅住まいの方達が増えていきました。

私は、雑草取りに明け暮れた夏でしたが、雑草の生える土地も流され住む家も流され、宇宙の大自然の力には人間の力は風前の灯火でしかないことに気付かされます。

しかし、ここからは、雑草の如く、生きていかなければならないのです。踏まれても、踏まれても立ち上がるしかありません。この言葉が身に染みる秋となりました。人も自然の、なすが儘に負けてはいられません。雑草魂を持って生きていくしかありません。

さて、今年も秋刀魚の季節がやって参りました、何でも台風の影響で海底の潮の流れが変わり、今年は太った大きな秋刀魚が大漁と言うニュースを聞きました。

これも怪我の功名とでも言えるのでしょうか？　台風の影響で丸々太った美味しい秋刀魚が、沢山食べられて、私の右手の筋肉痛もかなり回復の兆しが見えてきました。来年の薔薇の季節を迎えるには、秋から冬にかけて薔薇の根元に肥料を与えなければなりません。これを怠たると綺麗な花は絶対に咲いてくれません。この冬の管理が来年の薔薇の良し悪しを決めるのです。

薔薇の木の根元を二十～三十センチ掘りそこに肥料を入れていくのです。この作業も足腰の丈夫な人でなければ出来ません。

後期高齢者となった今となっては、この作業はとてもハードで続けることは出来なくなりました。残念ながら今年の作業は中止することにしました。

薔薇の季節には、一番良い季節に入園料を払ってよそ様の薔薇園を訪ねて楽しみたいと思います。

管理の行き届いた薔薇園に行きました。さすがに、手入れの行き届いた立派な薔薇を見ることが出来ました。

咲き終わった花を剪定している管理の方がいましたので声をかけてみました「今日は最高に美しい薔薇を楽しませて戴きました、ありがとうございました」と言いましたら「私達は、いつも来年の薔薇の咲き方を想像しながら剪定しているのですよ」と言われました。

この美しい薔薇の花は、一年間の一連の作業なくしては見ることは出来ないのです、只々感謝の気持ちでいっぱいになりました。

母は、強し

〝母は、強し〟この言葉は、いにしえの時代から使われていますが、どんな時代でも、どんな世界でも永遠に通用する言葉と思います。

過去の日本において「銃後の母」と言われた時がありました。

第二次世界大戦の時です。我が夫、我が息子に一枚の赤紙と言われていた「召集令状」が届いたのです。

この手紙を受け取った時から〝母は、強し〟にならざるを得ませんでした。この時点から夫や息子は否応なしに兵隊として、決められた「〇月〇日」に指定の場所に入隊しなければなりませんでした。これは国からの命令として如何なる家庭状況にあろうとも指名された個人が健康であれば、文句なく一兵卒として出兵しなければなりませんでした。

しかしながら病弱者、特に肺結核にかかっている者、その他手足のない者、今で言う障害者でない限り決められた日時に入隊しなければなりませんでした。

正当な理由があってもなくても、徴兵検査と言うものがあり、そこで「お前は駄目だ」と入隊を免除された方もいました。

その方たちの中には自分の軟弱さを恥じると共に「お国の為にお役に立てず申し訳ない」と心から悔しい思いをした人達も沢山いたようです。

銃後の母達は婦人会を結成して、戦地に出かけた夫や息子達の、留守を、しっかりと守る為に、「竹やり」を作り本土決戦？に備えての訓練を、毎日時間を決めて行うことになりました。今思うと本当の戦争は空中戦だったのに果たして、竹槍がどれだけ役立つものかは全く考えられませんでしたが志気を高める為には申し分ないものであったようです。

兎に角、唯じっとしているわけにはいかないので、何かしなければならない気持ちにならざるを得ませんでした。

銃後の母達が始めたもう一つの大事なことがありました。

それは「千人針」というものでした。

千人の女性が、白い晒木綿の布に赤い糸で一針ずつ縫って願いを込めて結び目をこしらえて作るのです。出征して行く兵士一人ひとりに手渡し「これを肌に付けて戦争に行けば戦苦を免れ無事に帰還することが出来る」と言われていました。たとえ銃弾を受けても、お腹に巻いた千人針が銃弾を跳ね除けてくれるのだと言われていました。

銃後の母達には、やらねばならない残された一番大切なことがありました。

それは、残された年寄りと子供達を無事に守ることでした。

この第二次世界大戦は始まったばかりで先の見とおしも摑めない状態に国民は、とまどうばかりでしたが、先ずは食糧難になることは間違いありませんでした。

つまり一家を支えていた男達が戦場へと駆り出されたのですから、この先家族は出来るだけ節約をして生活をしなければならなくなりました。

私の生まれ故郷は島根でしたが、島根は軍港もなく、軍事設備の工場もなく爆撃を受ける心配はありませんでしたがなぜか？　焼夷弾と言われるものが上空から落ちてきたことがありました。

田畑を所有している人は、食糧難はある程度大丈夫でしたが、田畑を持たない人達は途端に川の土手や少しの空き地を耕して、カボチャや大根の種をまき野菜作りを始めるのでした。

戦争が始まって一年もすると、日頃は殆どお付き合いのなかった大阪や東京の親戚が子供を連れて疎開をしてまいりました。

親戚の中には生まれたばかりの乳飲み子を伴っていて、栄養が充分でない母親は満足に母乳が出なくて、牛乳も手に入らず、お米の粉を溶かしてミルクの代わりにするというのです。

この親戚の方が知り合いという別の家族を伴って大勢で疎開してこられたのです。我が家はかなり大きな農家でしたが一つ屋根の下の三家族ともなると、大変な賑わいでした。

当時流行った言葉に「欲しがりません、勝つまでは」と言って節約、我慢の時代でした。つまり、今世界のあちこちで見られる難民キャンプの様相を呈して、てんやわんやの数年が過ぎて行きました。

日本軍は資源に乏しく兵器を造る鉄不足と言うので、金属で作られている物はどんな物でも供出しなければなりませんでした。私の生家の向かい側に立派な個人病院がありました。玄関に、鉄材を使ったモザイク模様で作られた両開きの立派な門扉がありました。その横には鉄製の柵がめぐらされていました。ある朝この鉄製の門扉が外され、鉄製の柵も根元から切り取られて運ばれて行きました。

聞くところによると御寺の梵鐘なども供出されたそうですが、これは混ざりものが多くて武器は造られずそのまま使用されないものが多かったようです。

戦争の始まりは資源のない日本の究極の選択だったのです。

日本軍の中国への進出、東南アジアへの進出と大勢の兵隊の犠牲者を出しました。やがて、広島、長崎の「原子爆弾」を最後として天皇陛下の決断の下、戦争の終結を迎えることになりました。

終戦直後の広島・長崎は、まるで地獄絵を見るようだと伝えられていました。

現在は原爆こそ使われてはいませんが、第二次世界大戦以後七〇年過ぎた今、世界のあちこちで相変わらずの戦争が続いているのはなぜでしょうか？

島根に疎開生活をしていた親戚達も終戦後一年もすると、少しずつ大阪や東京へと戻って行きました。

東京も大阪も焼け野原となり、子供達も生活を支える為に「納豆売り」や、「靴磨き」などをしなければなりませんでした。「東京シューシャインボーイ」という歌が生まれたのもこの頃でした。

私は島根では、納豆を食べたことがなくどんな食べ物か分かりませんでしたが、当時「ナットー、ナットー」と言う納豆売りの少年の歌もはやりました。私が初めて納豆の実物を見た時に、どうしてこんな臭いのキツイ、しかも腐ったような食べ物が美味しいの？と不思議で仕方がありませんでした。

敗戦国日本の立ち直りは兎に角大変でした。

先ずは、食糧難です。子供達の栄養障害が問題となりました。

学校の給食で少しでも体力を回復させようと、給食にミルクを与えることから始まりました。私はこのミルクの臭いが嫌でとても飲めませんでした。この時のミルクは「脱脂粉乳」と言われるもので、決して美味しい物ではありませんでした。

私は、四人兄弟でしたから夏休みには、家庭で飲むように四人分の配給がありました。他の兄弟達は喜んで奪い合って飲んだものです。

次に行われたのが履物の配給でした。なんとこれはゴム草履と言われるものでした。その次が洋服の配給でした。女子の洋服は国防色と言われる薄茶色のもので、スカートと上着の組み合わせでした。男子は、やはり同じ色で上着と半ズボンでした。

当時は各自御弁当を家から持って学校に行っていましたが、中にはゆでたサツマイモ一個と言う子供もいました。

それに「贅沢は敵なり」という時ですから、お弁当のおかずも梅干し一個の「日の丸弁当」が一般的でした。御飯も白米の量を少しでもふやす為に大根を刻んで混ぜた、いわゆる「大根飯」や薩摩芋を刻んで混ぜた「芋飯」、麦を混ぜた「麦飯」でお米を節約するのがお母さん達の知恵の見せ所だったのです。

この頃に「代用食」という言葉が生まれました。例えば「いも餅」とか「はったい粉」などでした。

終戦宣言から暫くして戦争から戻ってきた男達が、敗戦国日本の復興を目指して働き始めました。健康な帰還兵ばかりではなく同じくらいの人数の傷病兵も帰還したのです。病院に入院する程でもない軍人がまともな仕事にもつけず、国からの補償も充分ではありませんでしたから、「傷痍軍人」と言われる形で、白い着物に松葉杖をついて街角にたたずみ物乞いをする姿は、子供心にもあまりにも哀れでした。母達は「あの人達は国からある程度の生活が保障されているはずだ」と言っていましたが本当のことは分かりませんでした。

敗戦国日本の夜明けはやってくるのでしょうか?

日本は戦後七十年の歳月が過ぎ、目ざましい発展を遂げましたが、未だに戦争を引きずっている人達が大勢いることを決して忘れてはなりません。沖縄の人達は生活面では全国の日本人と全く変わりませんが、心の中には敗戦国の重荷を背負って生きている人達が沢山おられることは忘れてはならないことです。

私は、石垣の海に時々ダイビングに出かけて思うことは、世界一美しいと言われるこの沖縄の海を二度と戦争の渦に巻き込んではなりません。
沖縄の人達が今も戦争の辛さを背負っていることは絶対に許されないことと思います。
戦後は、いつ終わるのでしょうか?

我が家の家族

ある日、我が家の庭に「茶トラ」と言われている大きな猫がやって来ました。夕方仕事が終わって自宅に戻ると、裏の物置の戸棚の前あたりで、ニャオニャオと鳴きながらウロウロしていたのです、暫く見ていると子猫の鳴き声がしてきたのです。物置の下の隙間で数匹の子猫が鳴いている声に驚きました。何と!! この隙間から五匹の子猫がぞろぞろと出てきたのです。

小猫達はせなかの模様が皆違っていて母猫と同じ模様は一匹しかいませんでした。

この子猫達はおなかがすいているのだと院長先生が言うのです。院長先生は自分が子供の時から猫のいる家で育ったので猫のことはよく解ると言うのです。

【八海山】飲んでもいいですか？

今年も押し詰まり一年の締めとして忘年会をすることになりました。

当院では特別なこともなく、一年が終わりました。忘年会のお店はいつも来て戴いている患者さんのお店にお願いしました。

寿司割烹「栄」と言ってとても美味しいと評判のお店です。

院長が「皆さん今年も皆さんのおかげで何とか終わることが出来ました。今日は思う存分に飲んでお好きなものを注文して楽しんで食べましょう」とコーラとビールで乾杯して忘年会が始まりました。ここはお寿司屋さんなのでお刺身は勿論ですが、寿司ネタは豊富に揃えてありました。

この店は寿司だけでなくマスターの一品料理が美味しいのです。

当院の職員の出身地が北の方、南の方とまちまちで、北国の山奥育ちで看護師の菊池《きくち》さんが、子供の時からお刺身がどうしても食べられないというのです、日本海育ちの私には信じられないことでした。山奥の人達は、あんなに美味しいお刺身の味を知らないなんて？　では、海のお魚はどうして食べたかと聞きますと、干物、粕づけ、味噌づけ、で食べたようです。

話も弾みお料理もひと通り食べた頃事務のルナさんが「奥さん『八海山』を飲んでもいいですか？」と言ったのです。「ええ？　どうぞ、どうぞ、何なりとお好きなものをお飲みなさいな、今日は忘年会ですから」と快く答えました。

この「八海山」と言うお酒は米どころ新潟の日本酒の中の銘酒と言われるお酒なのです。穏やかで爽やかな香りと滑らかな味わいの銘酒なのです。お店の陳列棚の「越乃寒梅」と言う銘酒と並んで置いてありました。流石に川越のお寿司屋さんです、日本中の北から南までの銘酒と言われるお酒が揃えてありました。私も御相伴で戴いてみることに致しました。やはり、銘酒と言われるだけあって口当たりがよく幾らでも戴けそうでした。

このようなお酒は、特別な時のお酒と思われました、一般に晩酌で毎日戴くお酒ではありません。ルナさんは、ずうっと以前からいつか味わってみたいと思っていたそうです。「奥さん『八海山』美味しいですね！　ありがとうございました」と満足そうにニコッと笑ってくれました。お酒の味が分かる人でなければ理解出来ないことでした。

日本酒の元になるお米は「酒造好適米」と言われる特殊なお米があるそうで、八海山はその中の「五百万石」という名前のお米で作られていて「山田錦」と並んで酒造好適米の二大トップと言われているお米で作られているのだそうです、

日本酒の銘酒と言われるお酒は、北からの代表は、北海道は「男山」から始まり、青森の「桃川」秋田高清水の「しみずの舞」等に続き、何と言っても新潟のお酒になり「久保

田」「八海山」となるのです。院長先生は、アルコール分解酵素がないということでお酒は全く戴けなくて、他の職員もお酒が呑めない女性達なのでマスターの一品料理をそれぞれに楽しみました。

例えば、「ほたての酒蒸し」とか「アスパラガスの肉巻き」とか「サザエのつぼ焼き」とか、日頃とても戴けないお料理をオーダーしていました。

人は健康で美味しいものを食べている時が一番幸せなのだと、ツクヅク感じる忘年会となりました。

マスターが「いつもお世話になっています先生と職員の皆様なので、本日は、私から特別サービスをさせて頂きます」と言われて、お料理ではなくマスターのお父様譲りの「包丁式」を披露させて頂きますと言われたのです。今日はカウンター席ではなく、二階の大広間の畳の部屋での忘年会でしたので舞台装置も良く、珍しい「包丁式」を披露して下さることになりました。包丁式と言って日本料理の基本となるお魚料理を作る時の形を表したもので、何事かのお祝いの席で行われるものなのです。

色々な流儀があるそうですが、部屋の中央に大きなまな板が準備されました。マスターが衣服を整えて、まな板の前に正座して口上を述べました。頭には白いハチマキを締め、白いたすきをかけ、右手に包丁を持ち左手で菜箸を持ち、食材に直接手を触れず、指先を使わずに、お魚を切り分けて、決められた形に、並べていくという形を表現したものでした。このような伝統的な儀式があることも初めて知りました。

先日テレビの放送で、伊勢神宮で新年を祝って奉納された包丁式を拝見したのですが、神前で奉納される包丁式という伝統的なものを、まさかマスターが心得ているなんて信じられませんでした。

時には生の本物のお魚を使って執り行う所もあるようです。

今日の忘年会の席で、あまりにも厳粛で素晴らしくって大変貴重な物を見せて下さったマスターに心から「ありがとうございました」と皆でお礼を申し上げました。

これは、宮中行事の中の一つと言われていて、日本料理をしている料理人と言われる方が一つのステータスとして取得していることで、このように披露出来る方は、中々いないという話でした。

今年は最後の締めくくりに「八海山」と合わせてとても意義深い伝統行事を拝見して、これまでで、一番印象に残る忘年会となりました。

さて、来年も皆で患者さんのこと、病院のこと宜しくお願い致します。

自分達が健康でなければ病気の方のお世話など出来るものではありません。

先ず、自分の健康第一で頑張りましょう！

新しい年に元気なお顔でお会い致しましょう。来年も良いお年となりますように。

戦争とあした

母が、ある日、兵隊さんの看病から戻ってきました。

島根の田舎の高等学校が、第二次世界大戦で傷ついた兵隊さんを収容して臨時の病院として使われていました。町の婦人会の人達がボランティアで、毎日看病と、お世話に出かけていました。

その当時私は幼稚園に通っていました。終戦の前の年でしたから日本に本土決戦か？と言う時で島根の片田舎でも毎日のように、上空に敵機が飛来していました。

私は、子供でしたからどれがどこの飛行機かもあまり分かりませんでしたが、爆撃機の飛来があるとサイレンが鳴り、児童はすぐに自宅に戻りなさいと言われていましたから、幼稚園に到着した直後でも防空頭巾という綿の入った帽子を被ってすぐに走って、とにかく自宅に戻りました。

母も疲れて戻ってきて「今日も二人の兵隊さんがなくなったのよ」と言って今日の出来事を話してくれました。

「今日入院してきた兵隊さんは足を怪我していたけど傷口が腐って包帯を外すと、傷の中にウジ虫がわいていたのよ」と話したことを今でもはっきりと覚えています。戦地での手当も出来ず、島根まで連れてくるまで相当の時間がかかったことと思います。医者と看護婦さんも何人いても運び込まれる傷病兵の人数があまりにも多過ぎて、地元の人達が大勢ボランティアで手伝いに行っていました。

臨時病院にしていた高等学校の前に、大田川、別名「三瓶川」と言う大きな川が流れていて、兵隊さんの包帯とか寝間着とか、汚れ物を洗濯するのが母達の役目だったようです。子供ながらに、戦争の恐ろしさを身に染みて分かってきたように思いました。

父も、戦争に行っていて、八月の終戦を迎えてもまだ戦地から戻っていませんでした。母も、父が戦地で大変な思いで戦っていると思うとせめてこの、傷病兵の方達を優しくしてあげなければならないと一生懸命学校に出かけていました。島根県の片田舎は軍港も無く戦争の爆撃を受けるところがありませんでしたから安全な場所だったのです。上空を爆撃機が飛んでいるのは見ましたが、爆撃されることは全くありませんでした。上空にB29が飛んできたよと言われても本当はどんな形かも分かりませんでした。

当時は、テレビはありませんでしたから、もっぱらラジオ放送で日本軍がどうしたとか？　子供には理解が出来ませんでしたが、八月の暑い日に「天皇陛下の玉音放送」があり戦争が終わったことが告げられました。学校の傷病兵は続々と増えて学校の教室は満杯になりました。

父は、当時としては珍しく車の運転が出来たので、最前線の戦いはしなくて後方の資材を運ぶ仕事をしていたそうです。これが幸いして生きて帰ることが出来ました。

しかしながら、ニューギニアと言う所でジャングルの中を移動していたので蚊に刺されマラリアと言う病気に感染してしまいました。

父もまもなく、松江日赤の病院に傷病兵として戻ってきました。この病気は発作が起こると大変な高熱が出てガタガタと全身の震えが起こり、布団をかぶせて大人の人が上にのっかってもガタガタ震えているのです。この病気は完全に治ることがなく、とりあえず自宅に戻ってきました。その後も時々発作が起こり特効薬と言って「キニーネ」と言う薬を煎じて飲むのでした。その上ジャングルで食料もなく蛇やトカゲを食べたりしたとかで胃腸をすっかり壊して戻りましたから、いつでも体調が悪く健康になることはありませんでした。

ついに「膵臓《すいぞう》がん」となり手術をしましたが手遅れとかで、癌を取り出せずにそのまま閉じて。抗がん剤もなく治療の全てを失い戦争では死ななかったものの終戦後五年にして亡くなりました。戦争から生きて戻った方もこんな形で亡くなった軍人の方は沢山いたのではないでしょうか。

父は退役して私達に妹を残してくれました。つまり終戦子と言われる子供達です。

父は、この妹が幼稚園に行く姿を見ずに他界してしまいました。四十二歳でした。

本当にあのような戦争は二度とあってはならないと、ツクヅク思います。

沖縄の方達は七十年過ぎた今でも悲惨な戦争の犠牲になっています。敗戦国の宿命とはいえ埼玉に住む私達は戦争のことを忘れて過ごす時がありますが、沖縄の方達は、片時も忘れることがないでしょうね？　同じ日本人として不公平だと思います。

沖縄でアメリカ軍が基地を作る時の様子を最近テレビで拝見しました。沖縄の人達は自分達が昔から住んでいた先祖伝来の土地を強制的に接収されて基地にされたことを知りました。しかも生活の場を失うことに無理やりに同意させられ、今現在もまた住民の本当の気持ちを無視してアメリカ軍の為に我慢を強いられているのです。世界平和の為と言いながらいつまで続くのでしょうか？「明日」という平和な日が必ず来ることを信じて生きなければ将来もありません。今でも世界では人と人が殺し合う戦争が続いていますが、殺し合いをしないで話し合うことの出来る世界が何時か来ることを心から願う私です。

この限られた一つの地球の中で、全世界の人達が平和を願って行動すれば戦争など起こらないと私は思うのです。人間の考えで神様も仏様も作り上げたものですから、人間の一番醜い考えの「私利私欲」を捨て去れば人間同士を尊敬し、理解をし合えば争い事は起こらないと信じています。地球は回って必ず明日と言う日を連れてきてくれることを信じて、生きていきたいです。ある宗教の教えで「あなたがここで自爆テロを起こせばあなたの家族は救われる」と言われて信じて自爆している人がいますが、自分の幸せはどうなるのでしょうか？　自分が幸せでなければ。絶対に人を幸せにすることは出来ません。幸せなあしたをつかむ為に戦争は絶対にしてはいけないのです。

私は、人の生命を維持する為に日々働いている町医者の家内です、患者さんの治療をして健康を取り戻す為の手助けをしている者にとって、自爆と言う自分だけの考えの為に周りにいる人を巻き込んで関係のない人達を殺す行為は、いかなる理由があろうとも全く許せるものではありません。

言葉を持たない動物や植物は自然の儘に生きるしかありませんが、言葉を持ち考える能力を持つ人間が如何して話し合いで理解し合えないのかと悔しく思います。

今や、ロボットでさえ感情を表すことが出来る時代を迎えたというのに、かけがえのない命をなくす殺し合いが毎日のように続けられていると言うのは、本当にあってはなりません。

私は、すでに、後期高齢者ですが、戦争の為に、若者の生命や況して子供の生命が失われることは悲しく、地球の損失です。

心から戦争の無い明日が何時の日か来ることを信じて、これからも生きていきたいと思います。

弟

私の一つ年下の弟は、今瀬戸内海の周防大島で釣船屋を営んでいます。海が好きで好きで、子供の時から、どんな時でも船の絵ばかり描いていました。母の里が島根の日本海のそばでしたから夏休みは必ず海で過ごしていました。伯父達が漁船を持っていて時々この大好きな船に子供達を乗せてくれたのです。弟は、この思い出が心に刻まれて幼少の頃より自分は大きくなったらいつか船に乗りたいと思っていたようです。

我が家は四人兄弟で、兄、姉、私、弟でした。何でも四人で分けるのが決まりでしたから、オヤツはかならず四人で分けて食べるのです。

弟が、小学校三年生の頃でしたが、いつもおやつの奪い合いで兄弟喧嘩をしていました。これを見ていた母の妹の叔母さんが「一人、家の子にならない？」と言ったのです。

母の妹夫婦には子供が居ませんでしたので「うちの子になればオヤツも一人で食べられるよ」と叔母さんが言ったのです。そこで子供達は考えました。

「そうか？　叔母さんの所の子供になれば、一人っ子になり、四人で分けて食べることはなくなるのか？　じゃー誰が行く？」と言った時に一番下の弟が「僕が行く」と言ったのです。

この一言で決まりでした。

母は、少し寂しくなるけど、一家に男の子は一人いれば良いと思い、弟に「お前が本当に行きたいならそうしなさい」と言いました。

叔母さんの所も後継ぎが出来ると言って大喜びでした。弟は日頃から、我が家には、私より二歳年上の兄がいましたから兄貴にはとてもかなわないと思っていたのです。

叔父さんとも相談して、物のやりとりではないので、養子となるには、正式な養子縁組の手続きとして、戸籍の書き換えなどもありました。市役所の手続きが色々とあり簡単には終わりませんでした。

弟はすっかりその気になり、自分の荷物をまとめて嬉しそうにその日のうちに叔母さんの所に行ってしまいました。しかし、次の日からも、学校から戻るのは、元の我が家でした。叔母さんがお勤めしていたからです。いつものように子供四人でワイワイと遊び夜になると、弟は叔母さんの家に戻るという生活が始まりました。

そんな弟も中学三年になり将来の進路について考える時が来ました。

一人っ子になったのだから普通高校に行き大学に行くものとばかり思っていましたら、なんと商船高校に行くと言うのです。やはり将来は船の仕事をしたいと言うのです。

商船高校は島根県の地元にはなく、我が家から近い所ではお隣の山口県にありました。

この学校は全国から生徒が受験しますが、普通高校よりは競争率が高くて簡単には合格しないと言われていました。弟は小さい時からの夢でしたから、中二の頃から猛勉強をしていたそうで、念願かなって遂に合格したのです。この学校は勉強だけでなく強靭な体力も求められていました。弟は、テニス部で体力をつけていたようです。何が何でも海の男として生きることに決めたようです。

憧れの大島商船高校に入学いたしました。初めての夏休み休暇になり戻ってきました。弟は商船高校の制服制帽に身を包み、あまりのかっこ良さに驚かされました。町を歩けば皆が振り返ってみると言う感じでした。

憧れて入った学校でしたが学業も専門的であり授業内容も厳しく、毎日毎日汗みどろの訓練をこなし半端ではないと聞きました。入学前に比べると、俄然たくましくなっているのを感じました。

兎に角、海に出れば船は海の厳しい自然との闘いなのです。突然の台風並みの大嵐がやってくるのです。何が起こるか分からないのです。陸にいる人には想像も出来ない厳しさがあると言うのです。例えば海に出て自分が今どこに存在しているのか位置を知ることも、月や、太陽や、星を頼りに確認するのです。これを、天測と言うのだそうです。そんな基礎をみっちり勉強すると言ってました。

今は、レーダーとか計測器を使いますがどんなトラブルにも対処出来る人間にならなければならないのです。このような学校は、先輩、後輩がしっかりしていて、何事かあった時には責任を持って冷静に物事を判断して、行動しなければ、同乗している人達の命にかかわるという厳しい世界だと言うのです。

三年間の学業を終わり総集編として「日本丸」という商船学校の練習船でハワイへの、卒業航海に参加することになりました。

厳しい訓練を重ね、いよいよその成果を実践する時がやってきたのです。弟は、とにかく嬉しくて仕方がなかったと話していました。

ハワイへの初航海を終えて、戻って来ました。ハワイでは日系の二世、三世の方々の大歓迎を受けて、個人の家庭にも招待されたそうです。その中のある家庭で、エミーちゃんという少女に出会いエミーちゃんの写真とハワイ土産を持って帰ってきました。我が家には父が終戦直後に戻ってから生まれた「終戦子」と言われた妹がいましたが、エミーちゃんと同じくらいの年齢でしたので、その妹に「英語の勉強にもなるから文通しなさい」と弟がエミーちゃんの写真を渡して話していました。妹も珍しさと興味深く思って喜んで手紙を書いていました。

弟は、無事商船高校を卒業して商船三井に就職が決まりました。商船三井は日本を代表する大手の海運会社なのです。いよいよ念願かなって本当の海の男として生きることになりました。

しかしながら、会社員・サラリーマンではありますが、朝出勤して、夕方自宅に戻る仕事ではありません。

外国航路の船員なので、一度勤務に着くと一航海が二～三カ月は戻れないと言う勤務となるのです。外国の港々に行き世界中を見てはきますが、海外旅行ではありませんから行った国を垣間見ると言う感覚のようでした。

日本に戻ってくると必ず私に連絡がありました。

当時私は大阪の学校に在学していましたので、弟の船が神戸港に着くと、私はいつも面会に行っていました。まだ二人共独身でしたから、私が訪ねると同僚達から冷やかされたものです。

弟は「いや、僕の姉です」と言い訳をしていたのを思い出します。私も弟に会うのが楽しみで、思い切りオシャレをしてハイヒールをはいて行ったものです。しかし、弟の船は大き過ぎて、岸壁から数十メートルのタラップを上らなければ弟のいる場所まで行けないのです。やっと辿り着き「お帰りなさい、お疲れ様」がいつもの挨拶でした。弟が船の中のレストランに案内してくれました。

レストランも一流のコックさんが居て、とても美味しいメニューが沢山揃えてありました。長い航海の船員達の一番の楽しみは食事なので大変豪華でいつでも満足出来るメニューを揃えてありました。私も弟に会えるのと同時にこのレストランが楽しみでした。

弟は、商船三井に入社して数年して結婚をしました。

結婚式は、自分は島根の男だからどうしても「出雲大社」で式をしたいと言うのです。相手は商船高校時代に、知り合った大島の下宿屋の娘さんでした。親戚一同「出雲大社」

に集まり、あの大やしろの、大しめ縄の神殿で、厳かに結婚式を行いました。

仕事が航海の連続なので、家族が安心して暮らせる妻の実家の傍に家を構えることにしました。二人の男の子に恵まれて、仕事も充実して遣り甲斐を感じて来た頃に、なんと、中東戦争が起こりました。

「スエズ運河閉鎖」の大事件となったのです。スエズ運河にたくさんの大型船舶が閉じ込められる事件があったのです。弟の船も閉じ込められたのです。このままではいつ終わるか分からない中東戦争を待っているわけにはいかず、自分の身の危険を感じて、これを機会に弟は、定年を待たずして船を降りる決心をしました。

自分の家族の暮らす大島に戻ってきました。さて、何をする？　やはり船と暮らすしかありません。自分の出来ること、それは海と船の暮らしです。幸い風光明媚な瀬戸内海の大島に住まいを構えていたので釣り船を購入して、広島・大阪の釣り好きなお客様をターゲットに観光釣船を始めることにしたのです。これまでの経験を活かして楽しみながらお魚釣りの仕事が始まりました。弟の妻も海育ちでお魚料理が上手でお客様も満足してくださり釣り客が徐々に増えて生活も安定して来ました。

私はある時、弟を訪ねてみました。外国航路のかっこ良さはありませんが、自分なりに海の男として生きることに生きがいを感じているのが分かりました。

弟が、「お姉さん、めったにないチャンスだから釣りに行ってみるかい？」と言いました。私も一度は経験してみたいと思っていましたので「うん、行ってみたい」と言って経験が全くないのに船に乗せてもらいました。釣りのTPOを一から教わり餌を付けて糸をたらしました。「お姉さん底が分かるかい?」と弟が言いました。「底が分からないと釣りは出来ないよ」と言うのです。「底って何?　教えて、教えてください」と言いますと「釣り糸の釣り針に餌をつけて、錘を確かめて釣り糸を海に沈めて行き錘がコトンと海底に着いたのを確かめること、このことが、そこが解ると言うのだよ」と言われても実感としては中々飲み込めませんでした。こと細かく教えてくれました。「この底に着いた釣り糸を少しずつ上に持ち上げて行く時に魚が餌をつつくけどその時に釣り糸をあげては駄目なのだよ、少し待っていると餌を魚がくわえて引っ張った瞬間に釣竿を上に上げると魚が釣れるのだ」と教えてくれました。初めての経験なので感覚が大切と思いました。暫くして二十分も経過した時です。「うん結構引きが強いね」と言って釣り糸を引き上げてくれました。弟に知らせました。ググっと釣り糸を引っぱられました。「何か掛かったよ」と「すごい、太刀魚だよ」と言って物凄く重くて、キラキラと銀色に光った長いお魚でした。釣り糸が切れそうなので弟が網ですくってくれました。初めてにしては優秀だよと言って、六十~七十センチはある細長い太刀魚を釣針から外してくれました。「これはお刺身で食べよう」と弟が言いました。「この魚は釣りたてでないと御刺身には出来ないのだよ」と言って家に戻り、早速弟が自分で捌いてお刺身にしてくれました。

家族一同で、これまでで、味わったことのない、絶品の太刀魚の御刺身を味わうことが出来ました。なんと美味しかったことか。弟に「有り難う」と心から感謝しました。

弟は完全に海の男になり切っていました。弟は、華やかな外国航路も充分経験して、子供の時からの夢も叶えて、自分の意志を貫き通して、今は思いどおりの快適な船乗り人生を楽しんでいるようです。

運命のめぐりあい

真夏のある朝、ひんやりとした山の空気を感じながら目覚め「さあー今日は一〇〇を切りたいなー」と思いながらアウトの一番にやってきました。ここは、私が入会しているメンバーコースでヒガシ軽井沢のゴルフ場なのです。

昨夜からこのコースのロッジに泊まって、今日の日曜日のプレーの為にスタンバイしていたのです。

アウト三番のティーグランドに来た時に、後続の組のキャディーさんから、「私のお客様が、奥様を知っていると言われています」と伝言がありました。私は振り返って見ても距離があり、男性四人は分かりますがお顔を判別することは出来ませんでした。それにしてもこのコースに来るゴルファーは殆ど東京の人か地元の方達で、顔見知りの方と言われても全く見当も付きませんでした。

ハーフを終わって昼食の時間となりレストランに行きました。すると、私達のテーブルにやってきた男性がいました。

「こんにちは、お久しぶりですね、僕は島根県の大田高校の卒業生で貴女と同級生の中祖《なかそ》です、何十年ぶりかな？　分かりますか？」

　と自己紹介されて驚きました。

「どうして？　私のことがよく分かりましたね!!」

「実は、僕の兄貴がこのコースのメンバーなので時々連れてきてもらっていたのです、今日は兄貴の会社のコンペですが、スタートしたら、前の組にあなたを見つけたのです、でも、中学時代は身体が弱くて体育の時間は見学ばかりしていた人なのに、まさかゴルフをやっているのかな？　と思いながら、何十年振りなので自信はなかったのですが、人違いでも良いと思って勇気を出してキャディーさんに話してみたのです。

　僕も、どうして？　ここは軽井沢なのにと思いましたが、懐かしさがこみあげてきて、たとえ間違っていても良いと思ったのです」と話は思い出話となりました。

　私は、高校卒業以来同級生達と一度も会う機会がないままに過ごしていました。

「実は、僕達は東京近辺の大学に入学した人達と、就職した人達で高校の同窓会と言うのをやっているのです、貴女の住所が分からず連絡していませんでした。今年の同窓会を秋には行いますので是非参加して下さい」と言われたのです、まさか、このような所で会うこと自体奇跡としか思えませんでしたが、

「中祖さんは、コーラス部もご一緒でしたよね？」と高校時代の体育祭とか文化祭の楽しかった思い出が次から次と走馬灯のように浮かんできました。

「関東地方にいた人には全員に同窓会の案内はしたのに貴女だけは案内が行かなかったの

はおかしいね？」と言われてよく思い出してみると、私は高校の卒業の後は、大阪の学校に進学したのでした。

東京にはいなかったことが分かったのです。

「きみの一番親しかったクラスメートの、のりちゃんも毎年参加しているよ」と言われ驚きました。

必ず行きますから御連絡下さい、と住所を書いて渡しました。午後のスタート時間となりましたので「では宜しくね、ご案内をお待ちしていますよ」と言って別れました。

秋になり同窓会の案内が来て又信じられないことがありました。同窓会参加者の名簿を見て、私の一番親しかったのりちゃんの住所が、私の住んでいる同じ市の中の隣町だと分かりびっくりしました。車でほんの十分の所でした。

実は、私の夫が実家の土地で外科胃腸科の医院を開業するために川越に戻ってきていたのです。

私がこの町に住むのは夫の生まれた所なので当たり前ですが、のりちゃんが何故この場所に住むようになったのか不思議で仕方がありませんでした。しかも、私より数年前から先に住んでいたのです。

やはり運命の糸が繋がってきたのです。

私は、早速電話をかけてみました、のりちゃんは突然の私からの電話に驚いて「貴女何処から電話をかけているの」と言っているのです。「私も川越よ、秋の同窓会に一緒に行きましょうね」と言いますと「うそ、大阪からじゃないの？」と言っているのです。のりちゃんは私が高校の卒業の後は大阪の学校に行ったことを覚えていたようで、この秋の同窓会の話をしたので「あなた、なぜ関東の同窓会の話をどうして知ってるの？」と逆に聞かれました。先日の軽井沢のゴルフ場で偶然会った中祖君の話をすると「そんなことってあるの？　信じられないよね、わたしたちってなにかつながっているのね」とのりちゃんも不思議に思うのでした。

のりちゃん、との運命的な出会いは私が中学二年生の時です。私が腸結核で一年間の休学の後、一学年下の学年に編入された時に同クラスになりました。この時お世話になり、クラスメートとして仲良くしてくれたのがのりちゃんでした。その頃は町の市長さんの子供とばかり思っていました。なぜなら、家も市長宅から通い苗字も同じでしたから、私はそう信じていましたのに彼女は市長さんの子供ではなかったのです。

のりちゃんは、市長さんの弟夫婦の子供だったのです。しかも、中国のハルピンという所で生まれたと聞きました。第二次世界大戦以前に日本人が大勢中国に移住して生活したそうです。この戦争が終わると同時に中国に行っていた日本人達が大勢引揚げ船で日本に帰国することになりました。その時、のりちゃんは五歳で、両親と小さな弟二人と五人で、舞鶴の港に戻ってきたそうです、当時の引揚げ船のすさまじさは、私達には想像もつかないものでした。日本に帰国出来るかどうか？　命がけだったようです。のりちゃんのお母さんは髪を切り男性のようにして汚い格好をしたそうです。家族は全員一緒に帰国出来ましたが、他の家族は、子供を中国に残して帰国した人が沢山いたということです。子供を中国人に預けたり、お願いして育ててもらったりしたそうで、この時の子供達が「中国残留孤児」となって色々な問題が起こっているのです。

のりちゃんもそうなる運命だったかもしれませんが、幸いにして両親と一緒に戻ることが出来たのです。

のりちゃんの一家は父親のお兄さんの所に身を寄せましたが、終戦直後の混乱で大勢の家族が一緒に暮らすのは大変でした。

のりちゃんのお父さんは帰国後間もなく病死してしまったのです。小さな二人の弟は、一人ずつ子供のいない親戚に引き取られて行きました。お母さんも、自分の生きる道を求めて、のりちゃん一人を残して遠くに行かれたそうです。

一人残されたのりちゃんは伯父さんの子供達に「いそうろう」と言われながら育ったそうです。でも、自分は子供で「いそうろう」の意味は理解出来なかったと言っていました。日本に家族そろって帰国したのに結局、離ればなれになってしまいました。

やがてのりちゃんのお世話になっている伯父さんが、この町の市長選挙に立候補して市長に当選したのです。

私がのりちゃんと知り合ったのはちょうどこの頃でした。市長自身にも数人の子供がいて皆大学に行かせましたが、のりちゃんは、中学、高校までは市長が面倒を見て下さいましたが、さすがに大学に行きたいとは言えなかったようです。

市長になった伯父さんは、東京で成功している同郷の中小企業の社長さんに、のりちゃんの就職先をお願いしました。伯父さんからこの会社に行きなさいと言われて、言われるままにその会社に就職したそうです。

ここで、のりちゃんの消息が途絶えてしまいました。

私は、市長宅に電話で、何度も問い合わせましたが、いつも、のりちゃんは東京に就職しました、と言うだけで、勤務先は教えて下さいませんでした。この時から数十年全く音信不通のまま時が過ぎてしまいました。

軽井沢の中祖君との出会いがなかったら、のりちゃんと一生会えず終わったかもしれません。

いよいよ、秋の同窓会の日になりました。参加するまではのりちゃんに本当に会えるかどうか、半信半疑でしたが、当日参加して「ああやっぱり貴女だったのね？　やっと会えたわね」と言って手を取り合って泣きました。他の人達も何十年ぶりの同窓生に会うことが出来たのでした。

今では、ゴルフの練習の行き帰りに、チョット顔を見に寄り道出来ますし、我が家の庭に茗荷がたくさん出来て「食べる？」と言って電話をすると「大好きよ」「じゃ持って行くね」とそんなお付き合いが出来るようになりました。

私達も後期高齢者と言われる年になりました、この先何時までもお互いに健康で過ごしたいねと言って、のりちゃんはマージャン教室に通い、マージャンを覚えました。

また、スポーツクラブにも行き、エアロビクスをして、ボケ防止の為と言いながら仲間と楽しんでいるのです。

私は、早朝の散歩と、近くの御寺の境内で毎朝やっているラジオ体操に参加して足腰が丈夫なうちは、ゴルフも週一回は続けたいと願う今日この頃です。

ラジオ体操から戻り朝食の支度をして九時から夫の診療を手伝うのが私の日課です。

我が医院も開業以来四十三年が過ぎ午前中だけの診療に縮小致しました。そして、ご近所の方の健康管理を少しずつ続けているのです。

この土地で、のりちゃんとお茶飲み友達になれるなんて夢にも思っていませんでしたのに、本当に不思議な縁を感じます。

私たちの二人の関係が何時までも続きますようにと祈るだけです。

コロナ地球を猛襲撃

令和二年二月のある日、横浜港に日本生まれの大型豪華客船「ダイアモンド・プリンセス号」が入港してきました。

乗客三千名を乗せての超豪華クルーズ船のニュースと共に大変なものも乗せてきたのです。お客様も日本で旅行を終わる人が何人かいたのですが、船を降りることが出来なくなったのです。と言うのは「新型コロナウイルス」に感染している乗客の方が沢山いたのです。

この新型コロナウイルスによる発病が潜伏期間十四日間なので、健康だと言われている方も、十四日過ぎないと船から降りることは出来ないということになりました。乗客の中には。高熱で肺炎を発病して、重症の方もあり、この方達はすぐに都内の感染症の病院へ搬送されて行きました。

豪華客船も足止めされて横浜から次の寄港地に出航することが出来なくなりました。

さて、新型コロナウイルスとは、いったい何なのか？　感染すると高熱で咳がひどくなり、やがて肺炎を起こして呼吸困難となり、意識朦朧となり、処置しなければ短期間で死

ダイアモンド・プリンセス号

に至ると言う感染症なのです。これを防ぐには予防のワクチンが全く、開発されていないのです。そして、特効薬もないのです。

新型コロナウイルスと言うくらいなので、ワクチンはこれから開発しなければならないという訳です。

世界中の研究者によって、ワクチンを開発するとしても、半年～一年はかかるというのです。今の今に間に合うわけがありません。兎に角すでに発病している患者さんを一人でも救うことを考えなければなりません。発熱を抑え、咳を止め、体調を整えて免疫力を高めなければなりません。

過去に感染症のインフルエンザウイルスに効果のあった「アビガン」という薬を使ってみたところ、効果があった患者さんがありました。しかしながら、どんな患者さんにも効果があるとは言えず特効薬にはなりませんでした。患者さんの呼吸困難を解除することが一番の目標であり、その為には集中治療室を確保して一人でも救うことが最優先となりました。「体外式膜型人工肺」エクモという重症患者に使う器具の取り扱いは、スタッフが十名は必要だと言うのです。スムーズに操作出来る人を訓練しなければならないのです。

入院を受け入れた病院でも既に手術を予定していた癌患者さんの部屋を、コロナ感染症の患者さんに明け渡すという事態となり、院内が大変なパニックとなってしまいました。

遥か昔のスペイン風邪や、インフルエンザなども突然にやってきたのです。インフルエンザウイルスに関しては、かなり安定的な予防対策が出来ていますが、今回の新型コロナウイルスに関しては世界中のどこの国でも初めてという感染症なのです。

コロナが一番最初に発見されたのは中国の武漢市という所らしいのです。

原因は、ある動物を食したことにより、コロナウイルスに感染して高熱と咳に悩まされ体調を崩して肺炎を起こし、手当てが遅れると特に高齢者は死に至るという大変な病気なのです。一番の感染力は人と人の会話における飛沫感染によるものなので、お互いが二メートルの距離を置いて会話して下さいと言うことになりました。国の対策にしても「三密」を避けましょう、一つ密接、一つ密閉、一つ、密集を避けましょう。そして、必ずマスクを着用しましょう、となりました。

マスクが突然不足となり、世界中のスーパーマーケットから全てのマスクがなくなりました。驚いたことに、早朝から、スーパーマーケットの前に行列が出来る事態が起こりました。つまりマスクを買う為の行列だったのです。補充されたマスクはすぐ完売となりました。私には、島根の友人からレターパックで布製の手作りマスクが届きました。このような時は、友達はありがたいです。この友人は洋裁をしていて手元に色々な端切れの布があり、これを利用すればマスクに丁度いいと思いついたそうです。

マスクの型を取り、大、中、小、の大きさを考えて、差し上げる人の好みの色なども考慮して、私の所に大小合わせて一〇枚の手作りマスクが届きました。

この騒ぎで、洋服を発注する人もいないので、手元のミシンをフル回転してマスク作りを始めたそうです。私の所に届いたマスクは、可愛い柄のマスクでした。このマスクがとても評判が良く「あら、素敵な柄のマスクですね」「色が貴女によく似合っていますね」と毎日柄を変えて楽しんでいます。

デパートでもかなり面白い模様のマスクを売りだしました。今やマスクファッションとなってきています。子供なども着ている洋服とお揃いと言うものとか、母親の洋服とお揃いで、親子で楽しんでいる方もよく見かけます。

マスクの材質も様々となり、最もポピュラーな白いガーゼの物から、木綿の浴衣地等もあり、紺の男物の浴衣地のものには、ふちにレースがぬいつけてあり、とてもオシャレに見えます。

犯罪者などが使う黒マスクも見方によれば、スッキリ感があり、男性がしているとカッコ良く見えたりします。

マスクも今や、全世界の人達が使っていると言う不思議な現象が起こっています。

中国製の使い捨てのマスクも品切れとなり、自分で端切れを使って自家製を愛用している方も多くなりました。

コロナの収束はいつ来るのでしょうか？　この騒ぎで、どんな人にも身に付いたことが一つあります。それは、手洗いの習慣です。

この習慣だけは、大人も子供も老若男女問わずしっかりと身に付いたようです。このことはコロナの置き土産として大変良かったことと思います。

コロナの収束はいつになるか全く分かりませんが、ワクチンが出来て、インフルエンザのように安定して、落ち着くまでは、数年間かかると思われます。しかし、人間の総力を持ってすれば、必ずや克服出来る日が来ることを信じたいです。

地球上にはまだまだ知られていないウイルスが沢山いるようです。人間同士が争っている場合ではありません。目に見えないウイルスという敵に対して今や、全世界がワンチームで対処しなければ、やがて人類が滅ぼされてしまうかもしれません。人間同士の争いで国を追われた難民キャンプの、非衛生的な悲惨な実情を見るにつけ、人類の破滅を感じます。人間という尊い命が毎日毎日失われているニュースを見るたびに、コロナ如きに負けてはならないと思う毎日です。私達、医療現場で戦っている者として、一人でも救うことが私達医療従事者に与えられた最大の目標なのです。世界のあちこちでは、コロナウイルスの一番近くにいるドクターや看護師達もかなりの人達が亡くなっている現状なのです。解決の糸口も見つからないうちに、第二派が来ているのです。人間があらゆる角度から叡智を絞って対応していますが、コロナの収束はいつ来るのでしょうか？　その日を私達はひたすら待つしかありません。

八つ頭

年末も押し詰まった十二月二十九日に、伊佐沼の、農産物直売所に立ち寄り、お正月に使うお野菜を見繕っていました。小松菜は御雑煮用に二束買い、里芋も買い求めました。その傍に大きな芋らしき物があり、名前が「八つ頭」と書かれていました。そうだ、これも里芋の一種なのだと気が付きました。大きさは厚みが十センチくらいあり、直径が十五センチくらいあり、これは、じっくりと煮込めばとても美味しい事は分かっていました。

早速一ケ買い求めて戻り、レシピの本をめくって見ました。料理の仕方が出ていたのでページをめくると、なんとも手間のかかることが書かれていました。泥付きだったので、たわしでゴシゴシこすって綺麗に泥を落としました。あちこちにくびれがあり中々綺麗にならずこれだけで二十分はかかってしまいました。さて、その後はくびれに沿って包丁を入れ出来るだけ割れそうな所を狙って乱切りのように切ってみます。皮を綺麗に取り除き一口大になるように乱切りにしました。レシピの本によるとこのままで煮ると荷崩れするので面取りをして下さいと書かれていました。次にたっぷりのお湯で茹でて一回煮こぼして下さい、と書かれていたのでそのようにしました。レシピの本によるとこの作業を二〜三回繰り返してくださいと書かれていたので驚きました。取り掛かったのが午後の一時頃でなんだかんだとしている内に三時頃になってしまいました。さて、これから味付けをしなければなりません。こんなに手間暇が、かかるなんて、美味しいはずですよね？

私の煮物の味付けは、先ずお砂糖とみりんとおだしでじっくり煮込み、しみこんだら御醤油を入れるのですが、レシピの本は、全ての調味料を全部混ぜて初めから入れて煮込んで下さいと書かれていました。しかし自分流に煮ることに決めました。御醤油を初めから入れるとお芋の身がしまって硬くなり、ほくほく感が出なくなるのです。

お芋に少しひび割れが出来て味がとても良い煮物が完成しました。

大きなお皿にまるで石垣を積むように盛り付けてみました。とても、ほくほくとして美味しい八つ頭の煮物が出来上がりました。

お正月のおせちが一品プラスされました。

皆で戴くのが、とても楽しみになりました。

認知症テスト

後期高齢者となると運転免許証の書き換えが厳しくなって参りました。

書き換えの案内が誕生日の五か月くらい前に届きました。私の誕生日は八月なのにまだ二月の初めでした。

今年は、免許証の書き換えになりますので先ず、認知症のテストを受けて下さいと言うことなのです。「住まいの近くの教習所か、自動車学校に申し込んで下さい」と書かれていました。

早速一番近い教習所に電話をしました。この電話が殆ど繋がりませんでした。仕方がないので日を改めて次の日に掛け直しました。いつもお話し中で別の場所に掛け直しました。やっとつながりテストを受ける日と時間が決まりました。

場所は、川越南公民館の「ジョイフル」でした。カレンダーに日程と時間を書き込んで忘れないようにしました。二、三日して免許センターから電話があり、お約束の川越南公民館ジョイフルは会場が新型コロナウイルスの為使用出来なくなりました。公民館は使用禁止になりましたので、ふじみ野市の「東入間警察署」で四月八日の午後一時三十分からになりましたというお知らせでした。

日にちが変わり、会場が変わり、時間も変わり、とコロナの為に右往左往させられました。当日のテストの時間に間に合わないと困るので、夫が前日に車で行ってみようと言ってくれて、ナビゲーターを頼りに出かけてみました。すぐ近くと言いながら初めての道なので、町の中の一本違う道に入り元に戻るのに時間がかかり、ロスタイムをしてしまいました。

四月八日の朝となりました、神頼みではありませんが、いつもの五時起きの散歩で氷川神社に行っていますので、六時の太鼓に間に合わせ、「今日の認知症テストが上手くいきますように」と御賽銭を上げて、手を合わせお祈りをして御参りをしました。帰り道も何時ものように、六時三十分からの喜多院のラジオ体操に行き、「新しい朝が来た」で始まるラジオ体操の歌を大声で歌い認知症テストに備えて自分なりの覚悟を決めながら、今日の日程が始まりました。

仕事は午前中の半日なのです。病院の事務を手伝ってくれていて車で通勤している姪の美和《みわ》ちゃんが「伯母さん、東入間警察は自分の帰り道だから私が送ってあげるよ」と言ってくれたので、午後一時三十分のテストの時間に間に合うようにと美和ちゃんの車で、昼食もとらずに出かけることにしました。

三百メートル位走った所で車のバッテリーに赤ランプが点灯したと言って、車を左に寄せて停車しました。するとエンジンも止まってしまいました。これではテストの時間に間に合わなくなると思い、タクシーも拾えない場所でしたので徒歩で、大急ぎで自宅に戻り、夫に「美和ちゃんの車にトラブルが起こって走れなくなったから駅まで送ってくれない？」とお願いしました。夫は、快くすぐに行ってくれました。

時間を気にしながら兎に角、駅に着き、上り電車のホームの階段を駆け下りたら丁度、池袋行きの特急があり、飛び乗りました。ふじみ野駅からタクシーで東入間警察に到着しました。今日テストを受ける人は、女性が五名と男性が十名位いました。四階までエレベーターで行きテストの部屋に入りました。机の上に番号があり自分の番号の席につきました。いよいよ認知症テストが始まりました。

机の上に置いてある書類に署名して免許証を出して、認知症テストの説明です。

今日の、日付、生年月日の記入がありました。

次に、パネルの絵を見て下さいと言われて、絵に対する説明がありました。

「戦いの武器です」「楽器です」「体の一部です」「電気製品です」一枚に四つの、絵のあるパネルが四枚ありました。

つまり、計十六の絵を覚えておいて下さいというわけです。テストの時は、この中の一枚が出ると聞きました。次に、数字の書かれたページが出てきました。このページの中の4と1を全部消して下さい。次に、3と6と9の数字を消して下さい、となりました。時間が来ましたので全部終わっていなくても止めて下さい。次に、白紙のページが出てきました。じぶんで大きく円を描きそこに時計を描いて下さい。一時四十五分を長針と短針で描き入れて下さい。と言われました。次に、先程見て頂いたパネルの絵を思い出して出来るだけ描いて下さい、ヒントが書いてありますからこれを手掛かりに書き込んでください。パネルの絵を見てから色んな作業をしていて三十分たってから思い出せと言われても認知症でなくても大変なテストでした。

これでテストは終了です。約一時間くらいで終わりました。採点を致しますからしばらくお待ち下さい。と言われて三十分で結果が出ました。「成績表をわたしますが七六点以上の方は二時間の講習を受けて下さい。それ以下の方は三時間の講習を受けて下さい」と言われました。この講習は近くの自動車学校に、又電話で申し込んで予約を受けて下さい、とも言われました。

私は幸い九十六点と言う好成績でした。兎に角免許証の書き換えにこのように面倒なことをするのは出来るだけ高齢者には免許を持たせないようにする為なのか？　と思ってしまいました。

次の日から近所の自動車学校と免許センターに電話をかけてみますが、何処も予約がいっぱいですとなりました。やっと七月二十日鴻巣の免許センターの予約がとれました。

鴻巣となると川越からかなりの距離がありました。知らない道を車で行くのは嫌なので色々調べると川越から免許センター行きのバスがありました。助かりました。

鴻巣の免許センターは広大な敷地で運転実施も行いました。修了証を戴きました。これを持って川越警察に行けばすぐ書き換えはして下さるということになりました。一か月くらいして川越警察に行きました。写真撮影をして古い免許証にパンチを入れ新しい免許証を発行してくださいました。兎に角まだまだ免許証なしでは暮らせませんので向こう三年間は安泰となりました。免許証に恥じないような運転をしようと気持ちを新たに致しました。

免許証書き換えがこれ程大変とはこれまでには経験したことはありませんでした。

今年は世界を揺るがす新型コロナウイルスの為に全世界の人達が惑わされ、イベントの中止、旅行もままならず、結婚式からすべての行事の個人的、社会的、対外的、国家的、国際的行事に影響を及ぼし、大人も、子供も、迷惑して、学校の形態までも変えてしまい、いまだに地球上を駆け回り、収束の気配がありません。人類の滅亡を招いてはなりません。

ｉＰＳ細胞

人は、海に生まれて、海に帰ると昔から言われていました。私もそうだと信じていました。

一粒の細胞が分裂していき、一つの個体となり、やがて人間を含む万物の生命が形成されてきたのです。

ここまで来るまでは、かなり、長い、長い過程を経なければならないのですが、つい先日ノーベル賞を受賞された京都大学の山中教授も言われていましたように、今や、人の身体の臓器の一つ一つの細胞から、その臓器を再生することが可能になってきたのだと新聞に書かれていました。

先ずは目の細胞の再生が一番先に可能になりましたと言われたのです。失明の人の視力回復が一番先に行われました。今や、人間の臓器の再生が可能な時代となりました。人一人を作り出すこともやがては可能になる時代がやって来たのです。

動物の個体は既に作り出されているそうですから、人間一人を作り出すことも近い将来には可能な時代がそこまで来ているのです。医学は日進月歩で研究され、日に日に進歩していて、本当に楽しみな時代となってきました。

臓器の再生がスムーズに行われるようになれば、大勢の身障者の方達や、難病の方々がどれだけ救われることになることか？　このことは、今の日本では世界一の長寿国を支える介護者の人手不足を考えただけでも、社会的に最も望まれていることなのです。

山中先生はまだまだ始まったばかりの治療と言っておられましたが、既に眼球の再生と心筋の再生は特に進んでいると言われていました。

今や、人間百歳時代を迎えています。人は百歳まで生きなくても良いのです。一人の人が自分の生命を終わる時まで、他人の世話にならず自分で生活出来ることが一番の幸せなのです。

とにかく今の医学、科学、生物学をもってすれば、本当に近い将来、失われた臓器の再生によって、人は蘇ることが出来るのです、こんな時代が来るとは私は、夢にも思っていませんでした。自分自身の為にも、今を生きる為にもしっかりと受け止めていかねばならないのです。

私達人間には、この、地球上に生まれた、たった一つの生命を大切に守り育てていく責任と義務があると思います。先日、ある有名な俳優の方が自分で自分の命をなくしました。それなりの事情があったとは思われますが、彼が生きていればこれからの社会に沢山の貢献が出来たと思うのです。

彼は、まだまだやるべきことが沢山あったはずです、如何なる治療も効果なく、やむをえずして生命の限界を迎えた人や終わるしかない人も沢山いる中で、若くて、これと言った難病を持っているわけでもなく、俳優で、テレビのレギュラー番組も沢山持ち、これからを期待されていた前途洋々の方が自ら命を絶つなんて私には考えられないことでした。

　新聞を見た日本中の殆どの人達が「アッ」と驚いて、「何故？」と思ったのは間違いありません。事件発生当日も予定の仕事の為にマネージャーの方が自宅にお迎えに行き、管理人に部屋を開けて戴き、この惨事を発見したと週刊誌には書かれていました。

　令和二年七月十六日の読売新聞の夕刊に、山中先生の御話が書かれていました、ｉＰＳ細胞の一番の難点は、一つの細胞を作製するのには、長い時間と高額の費用が掛かることだそうです。現在の技術では一年間に三人分を作るのが限界だそうです。作成費は一人当たり四千万円かかるそうです。新技術では、小型の装置で作製出来るようにする。一年間に一千人分を、一人当たり百万円以下で作製出来るようにするのが目標だと先生は言われていました。ｉＰＳ細胞の拒絶反応を防ぐ為には患者本人の細胞から作り出すことが最も重要なことだと書かれていました。

「ｉＰＳ細胞の品質検査に人工知能を使うなどして、コスト削減をして、多くの患者さんにｉＰＳ細胞を早く安く届けたい」と話されていました。

　医療の現場に居る私達は、患者さんの苦しみをほんの少しでも改善出来ないかと日夜願っているのです。

　筋ジストロフィーの患者さんの治療には、ｉＰＳ細胞に特殊な化合物を加えて培養し筋肉を再生させる能力を持つ幹細胞を作製というのがあります。この細胞を移植することによって実験中の「筋ジスマウス」の筋力が六週間後に八パーセントの改善があったそうです、

時間はかかりますが少しでも改善すると言うことが分かってきたのです。

京都大学iPS細胞研究財団理事長の山中先生は「my・iPS細胞プロジェクト」と名付けて、二〇二五年・大阪・関西万博での完成披露を目ざしている。と新聞に書かれていました。細胞の品質検査に人工知能を使ってコスト削減をおこない、出来るだけ早く、安く患者さんに届けたいと書かれていました。

このことがうまくいけば難病に苦しむ人達がどんなにか救われることでしょう。

同じ人間として生まれて、順調に生きている人に比べて筋ジスに取りつかれて苦しみながら生きる人はこれ以上の不幸な人生はありません。

iPS細胞によって救われる日が一日でも早く来ることを毎日祈っています。

医療現場で働く者にとって、根本的な治療が出来ることこそ、生甲斐であり働き甲斐があるというものです。

すべてを尽くして、これ以上はなすべきことがないと思う時、患者さんが亡くなった時ほど空しくて、悔しくて、この仕事を選んだ自分が恨めしく、無力感と脱力感に落ち込むのです。しかし、絶対に諦めるわけにはいきません、

世界のあらゆる分野の専門家の先生達が、やっとここまでたどり着いたのだと言ってお

られることを思うと、人間の力の限界はまだまだ、これからなのだと思いたいのです。生命は神から贈られた物ではなく、人間が作り出していかなければならないと思いました。

ｉＰＳ細胞の勝利が必ず来ることを、これから先、私は、信じて生きたいと思います。

著者プロフィール

永倉 啓子（ながくら けいこ）

1939年8月4日生まれ、島根県出身 島根県立大田高等学校卒業
看護婦国家試験合格・免許取得 東京医科歯科大学医学部附属病院（中央手術部）勤務経験有
埼玉県在住
趣味：華道（古流）、茶道（裏千家）、ゴルフ歴30年（ホールイン ワン2回）、ダイビング（2000年7月PADI OPENWATER DIVER ライセンス取得、潜水50本）
著作：『開業医の奥様』（2012年　文芸社）『続・開業医の奥様』（2015年　文芸社）『続々・開業医の奥様』（2017年　文芸社）

これからも開業医の奥様

2021年２月15日　初版第１刷発行
2021年12月25日　初版第２刷発行

著　者　永倉 啓子
発行者　瓜谷 綱延
発行所　株式会社文芸社
〒160-0022　東京都新宿区新宿１－10－１
電話　03-5369-3060（代表）
03-5369-2299（販売）

印　刷　株式会社文芸社
製本所　株式会社MOTOMURA

ISBN978-4-286-22261-5　　JASRAC　出2009612－001